JN305943

ボスに誘惑されてます

野原　滋

幻冬舎ルチル文庫

CONTENTS ✦目次✦

野獣なボスに誘惑されてます

✦イラスト・麻々原絵里依

野獣なボスに誘惑されてます……3
愛してるにしか聞こえない……245
あとがき……254

✦カバーデザイン＝久保宏夏（omochi design）
✦ブックデザイン＝まるか工房

野獣なボスに誘惑されてます

新宿《しんじゅく》の副都心エリア。立ち並ぶ高層ビル群のうちの一つを、入江勉《いりえつとむ》は見上げていた。

深呼吸をし、背筋を伸ばす。眼鏡《めがね》のブリッジを上げてからふと、今無意識に顔に手をやっていたなと思い、自分が緊張していることに気が付いた。

今日からこのビルの一角が、入江の勤め先になる。

八月の陽射《ひざ》しはきつく、午前の時点で気温はすでに三十度を超えていた。ビル熱とアスファルトの照射で灼熱《しゃくねつ》地獄のようになっているが、真っ白な肌《はだ》とその上に浮かぶ表情は、暑さなど感じていないかのように涼しげだ。

細い顎《あご》と切れ長の目、手入れいらずの整った眉《まゆ》と相まって、美人顔などと称され、繊細で優しげな印象を与えるようだが、中身は全然違う。着やせする体質らしく、百七十五センチある身長も、数字よりも低く見られがちだった。

癖のない真《ま》っ直《す》ぐな髪を七三に分け、チタンフレームの眼鏡を掛けたスーツ姿は真面目《まじめ》なビジネスマン風情で、これだけは中身と一致している。

鞄を持ち直し、新しい職場に向かって入江は歩き始めた。

建物内に入ると、明るい空間が広がった。採光をふんだんに取り入れたエントランスを抜け、エレベーターホールに向かう。

都内にいくつものビルを持つ樋口《ひぐち》グループは、不動産開発を主とする大手企業で、入江がやってきたここも持ちビルの一つだった。

下りてきたエレベーターに乗り込み、目指す階を押した。文字盤を見つめながらネクタイに手をやる。第一ボタンまできちんと留められ、ネクタイも曲がることなくちゃんとした位置にある。心の中でよし、と頷《うなず》き、静かにエレベーターの到着を待った。

今回のクライアント——自分のボスとなる人は、どんな人物だろうか。

『おはようからおやすみまで、お望みとあれば夢の中までも。二十四時間三百六十五日、どんなご要望でも、あなた様のご希望通りにお仕えいたします』

「パワーリソース・二見《ふたみ》」は、様々な人材を派遣する企業だ。その中でも入江の所属するプライベート・アシスト部門は、選《え》りすぐりの人材を集めたものであり、他の部署とは一線を画している。

スケジュールの管理や業務のアシストといった秘書的な仕事はもちろん、体調管理から私生活に至るまで、クライアントのすべてを全力で支えることを約束し、それに応えるに足る強靭《きょうじん》な肉体と精神、優秀な頭脳を併せ持った人材が、プライベート・アシストなのだ。

派遣業でありながら派遣先を厳選する立場にあり、またその情報は限られた者にしか知らされていない。完全な紹介制で、様々な条件をクリアしなければ顧客になれないシステムだ。

つまり、プライベート・アシストを持つということは、企業人として日本のトップクラスだという証明になるのだ。

今回の依頼は、財閥《ざいばつ》系樋口グループの会長から寄せられたもので、雇い主としての条件は十分に満たしていた。だが、入江の直接の派遣先は会長本人ではなく、その孫だという。

変則的な依頼ではあるが、珍しいというほどのことでもなかった。なにしろ入江たちプライベート・アシストへと辿《たど》り着く審査は厳しく、また数も限られているため、獲得は競争となるのだ。ツテのツテを使い、裏技を駆使して欲しいものを手に入れるというのは彼らの常套《じょうとう》手段であり、業界人として力のある証拠ともいえた。

樋口会長の孫は三十四歳。名は樋口侑真《ゆうま》という。現在の樋口グループのトップ、樋口匡司《まさし》の次男で、このビル内にある「トラスト・ワン」という会社の社長だった。

樋口グループの所有する施設のいくつかを、「トラスト・ワン」は管理していた。施設内のテナントの選別、管理を任され、多目的ホールでは催事の運営をしている。

樋口侑真がこの「トラスト・ワン」を引き継いだのが五年前。大学では建築デザイン科に所属していたが、途中からイギリスに渡り、そこでは舞台美術を学んだという経歴を持っている。最近では商業施設で催されるイベントの企画運営にまで手を広げているという。

事前に入手した樋口のプロフィールを頭の中で反芻《はんすう》しながら、今日から自分が仕えることになる、新しいボスの姿を想像した。

二十九歳の入江は、プライベート・アシストのメンバーの中で最年少だった。若輩者でも仕事には自信がある。ここに来る前に派遣されていた先でも、契約期間の延長を申し込まれたが、次の派遣先が決まっていたため、後ろ髪を引かれる思いで断ってきたのだ。

去ることを惜しまれるのは、入江たちプライベート・アシストにとっては誉《ほま》れであり、顧客を満足させた証拠でもある。

これから会う樋口侑真とはどんな人だろう。あの樋口グループの御曹司《おんぞうし》だ。企業の重鎮ともなれば、四十代、五十代は若造の部類で、現役の八十代という人もざらにいる世界の中、樋口はとても若い。経験で敵《かな》わなくても、若い分バイタリティがあるだろう。きっとこちらもいろいろな刺激を受けるに違いない。

自分の全能力をもって、契約期間の二年間、精一杯アシストしよう。

高速で上昇するエレベーターの振動を感じながら、新しいボスへの期待に、入江の胸は高鳴った。


「……プライベート・アシスト？　ふうん……？」

これは駄目だ。

一目見ただけで、入江はそう確信した。

広く開放的なオフィス内で、入江のいるここだけは調光ガラスのパーテーションで仕切られている。

窓際に設置された事務机の上にはデスクトップとノート型のパソコンが一台ずつ、それ以外のスペースはすべて書類や冊子で埋め尽くされていた。乱雑に積み上げられた書類の隙間《すきま》にはバラバラに散らかった事務用品。飲みかけのコーヒーカップが嵌《は》めこむようにして置かれている。

このデスクの惨状だけを見ても、とても効率的な仕事ができているとは思えない。

「……プライベート・アシストねえ。それって何？」

入江から渡された名刺に目を落とし、そう聞いてきた人物が、このデスクの持ち主、つまりは「トラスト・ワン」の社長——樋口侑真だった。

三十四歳と聞いていたが、その年齢に見えない。呆《ほう》けたような顔はもっと幼くも見えるし、椅子《いす》にだらしなく背を預けている姿は覇気がなく、中年の様相だ。

胡散臭《うさんくさ》げに見上げられ、入江は静かに一礼した。

「樋口様のアシストをするようにと派遣されてまいりました」

入江の声に、樋口がもう一度名刺に目を落とした。よく分からないというように首を傾《かし》げている。

「個人付き秘書みたいなもん？」

「そうですね。樋口様のスケジュール管理、部署間の調整、その他の雑務全般という秘書的な役割も果たしますが、私どもの仕事は、もう一歩踏み込んだ補佐を承っております」

「もう一歩？」

人を見る目には自信がある。初対面でも、五分も会話を交わせば相手の人となり、能力の程度を見極めることができるのは、入江の特技だった。それでも偏見をもって接すれば初手で見誤ることがあるかもしれないと、律することを常に自分に課してはいるが、今までこの第一印象を間違えたことはない。

「食事、睡眠などの自己管理面、プライベートでの時間調整など、健康面にも気を配り、樋口様が滞りなくお仕事に邁進《まいしん》できるよう、樋口様の生活すべてに於《お》いてアシストさせていただきます」

説明を受けても、目の前の男はいま一つ理解が及ばないようで、また「ふうん」と首を傾げている。……愚鈍だ。

落胆の心情が表に出ないよう、入江は眼鏡のブリッジに指を当て、押し上げた。

乱雑なデスクの状態だけでもこの男の能力の程度が窺《うかが》えるが、本人の出《い》で立《た》ちも同様、だらしない。

アポイントメントをちゃんと取ってこの部屋を訪れているのに、樋口の態度は客に対応するに相応《ふさわ》しいものではなく、社の顔としての自覚がまるでない。マイナス十点。

人と会話を交わしているのに椅子に凭《もた》れ掛かったままのだらけた様子もいただけない。姿勢が悪い。マイナス十点。

「でも俺、秘書とか必要ないんだけどなあ。自分のことは自分でできるし、秘書っぽい仕事はその辺の部下が適当にしてくれるし」

口の利き方がぞんざい過ぎる。マイナス十点。入江の仕事を『その辺の部下』と一緒にした。失礼極まりないからマイナス二十点。

来客だからと一応スーツを着用しているから、そこは見逃してやろう。ネクタイも締めているし、ボタンも上まで留めてあるが、そんなものはビジネスマナーの基本だから加点の対象にならない。

猫背のまま丸まっているからよくは分からないが、身体《からだ》は大きい。入江よりも背は高そうだ。百八十五はあるか？　仕事に身長は関係ないのでこれも加算ポイントにはならないが、身体は頑丈そうなので、おまけして三点ぐらいはくれてやろう。

しかしその髪型はなんなのだ。癖の強いミディアムスタイルは無造作ヘアでも狙っているのか、だが無造作過ぎるのでこれも駄目だ。マイナス五十点。

顔の造作はまあまあか。眉は太く、厚い唇《くちびる》は押しが強そうで悪くはない。鼻梁《びりょう》が高くはっきりとした顔立ちは男らしいと言えるが、無精髭《ぶしょうひげ》が台無しにしている。男らしさを通り越してむさ苦しさが増しているからこれも減点対象だ。マイナス五十点。

「だいたいここ、そんな規模の事務所でもないし」

「そうですね」

目が充血しているのは寝不足というよりも、昨夜の深酒が原因と推測する。何故《なぜ》なら机を挟んで向かいに立っている入江のほうまで酒の匂いが漂ってくる。話にならない。マイナス百点だ。

「ていうか、なんで俺んとこ？　誰かからの紹介で来たのか？」

「はい。実は樋口君江《きみえ》様からのご依頼でまいりました」

適当な態度で入江の話を聞いていた樋口がその名前を聞き、顔を上げた。

「……ばあちゃんが？」

「お孫様でいらっしゃる侑真様が激務でご心配だからということで、特別な計らいで私が派遣されてまいりました」

「そっか。あららー。ばあちゃんが……ってか、ああ！　いつか俺になんか注文したって言ってたわ、そういえば。あれ、あんたのことだったのか！」

樋口が驚いたという声を上げ、入江は目を合わせないようにするために、再び眼鏡に手を当てた。

初対面の、しかもビジネスを挟んだ相手に……「あんた」と呼ばれたのは初めてだ。最悪だ。マイナス百五十点。

「なんだよ。何送ってくれんだろうって思ってたんだよ。しかし物だと思うじゃん。初めに言っといてくれればいいのになあ。サプライズか」

嬉《うれ》しそうに頷いている男を眺めながら、こっちがとんだサプライズだと心の中で毒づく。

「ですが、お見受けしたところ、こちらの事務所では樋口様がおっしゃるように私は必要とは思われず、今回のお話は手違いということで、なかったことにさせていただきます」

「……え？」

では、と一礼し、樋口に背を向けると「ちょ、ちょっ」と言う声が後ろから聞こえた。

「ちょっと待って」

「お時間を取らせて申し訳ありませんでした。手違いについては私のほうから樋口君江様にご連絡差し上げますので、どうかお気になさらずに。では」

「だからちょっと待ちなさいって。今検討しているところだから」

「その必要はないと思いますが」

「いーや。だってせっかくばあちゃんが俺のためにあんたを派遣してくれたんだろ？　無下にしたら悪いし」

そう言って、まあこっちに来なさいよと、手招きする。

「生活すべてのアシストって具体的にどんななのよ？」

「ご要望があればどのようなことでも」

「健康面っていうと、食事の用意もしてくれんの？」

「栄養士の免許を持っております」

「へえ」

早くここから立ち去りたいのに、樋口が引き留めてくるからイライラする。自分を必要としてくれるクライアントはいくらでもいるのだ。時間を無駄に使いたくない。

「何作ってくれるの？　得意料理は？」

「そういったものはございません。ご要望があればなんでも作ります」

「プリンとかも？」

「……それは料理ではありませんが、それもご要望があれば作らせていただきます」

「睡眠もどうとかって言ってたけど、何？　子守歌でも歌ってくれるの？」

「…………ご要望とあればやらないこともないですが」

「へえ！」

目を輝かせて相槌《あいづち》を打つ樋口に冷静に答えながら、阿呆《あほう》かと思う。

「心地好い睡眠を導入するためのマッサージやアロマテラピー、またはカフェインのないお茶のご用意など、そういった補助的なことでお手伝いするのが主ですが」

「あのさあ」

「はい、なんでしょうか」

「もうちょっと力抜いて話してくれていいよ？　ほら、俺もこんなだし。堅苦しいから」

「お前は砕け過ぎだ」

という言葉を呑《の》み込んだ。

「いえ。これは私の普段の言葉遣いでございますからお気になさらずに」

「ふうん。若いのに偉いな。慇懃無礼《いんぎんぶれい》って言われない？」

「お前は普通に無礼だけどな」

……の代わりに「言われたことはございません」と答える。

「ですが、ご不快に思われたなら申し訳ありませんでした」

「いや。不快じゃないよ？　面白いし」

「…………」

無言で眼鏡を押し上げたその時、コンコン、とノックの音が聞こえ、磨《す》りガラスの向こうに人影が見えた。

どうぞの声を聞く前に、勝手にドアが開けられ、年配の男が一人入ってくる。

「社長、よろしいですか」

「相沢《あいざわ》さん、ごめん。まだこっちの人とお話し中」

相沢と呼ばれた男が入江に目礼し、入江は「いえ、構いません」と返した。

「私のほうの話は終わりましたので。どうぞ。失礼いたしました」

「いやいやいや、終わってないから。相沢さんもちょっと待ってて」

樋口が慌てて入江を引き留め、相沢は間髪《かんはつ》を容《い》れずに「駄目です」と厳しい声を出した。

「会議の時間が押しています。今日は午後から視察に行かれるんでしょう。急いでください」

「だから、ちょっと待ってってば。なんなら先に始めちゃっててもいいよ」

「どうせ後からやってきてひっくり返すんでしょう。だったら初めから出てください」

相沢の声に、樋口は「んー」と言いながら椅子ごと身体を揺らしている。授業中の小学生のような樋口の態度はいつものことのようで、相沢は構わず説教を続けた。

「それから『依田硝子《いだガラス》』さんの件、報告がまだですが」

「ああ、うん。それね。なんか昨日はちょっと飲み過ぎちゃってさ。まいったよ。日本酒ってやっぱり次の日に残るよね」

相沢が苦い顔を作った。

「昨日は催事の説明を受けるということだったでしょう。話は詰めてきたんでしょうね？報告は？」

「ああー、報告ね。そっちもちょっと待って」

「待てません。二日酔いなんかで出社してくるから仕事にならないんでしょうが。節度を守れとあれほど……」

「接待みたいな形になっちゃってさ。しょうがないんだよ。誘われたら断れないし」

樋口が肩を竦《すく》め言い訳をすると、相沢が大きな溜息《ためいき》を吐いた。

「同行した菊池《きくち》に聞いたら、社長から誘ったと言っていましたよ」

「あれ？」

惚《とぼ》けた声を出す樋口を、相沢は穴が空きそうなほどの眼力で睨《にら》み下ろした。

「菊池が泣きながら今朝報告してきましたよ。まったく」

「菊池くん酷《ひど》いなあ。昨日はいいお店に連れて行ったのに。『美味《おい》しいっすね、この酒』とか言って、喜んでいたんだよ？」

「潰れるまで連れ回されたら泣きたくもなるでしょうよ」

二人の話を要約するに、秋に開かれる新しい催事にガラス工芸の新作展示会が予定されていて、その説明を受けるとして、昨日樋口は社員一人を連れて出向いた。それが樋口は説明もそこそこに、飲みに出ようと自分から誘ったらしい。そして二軒、三軒と店を回り、しまいには潰れてしまった菊池を残し、更に夜の街へと消えていったという。結局そのガラス工芸の展示会については、何も進展がないようだ。なんのための説明会だったのかと、相沢が憤っている。

「いやー、有意義な席だったよ。珍しい日本酒も出してもらえてさ」

「……もういいです。じゃあ会議にしましょう。二日酔いは治りましたね？　治ってなくても出てもらいますよ」

「あー、うん。もうちょっと」

「もうちょっとじゃないでしょう。もう十時ですよ！　早く治しなさい」

叱《しか》りつけるような口調は父親の威厳に近く、貫禄ある風情は、未《いま》だにだらしなく座っている樋口よりもよほど社長然としていた。

「仕事は山積みなんですよ。催事一つに時間を取られていたら堪《たま》らない。ほら、さっさと動く」

もしかしたらこの会社の実権を握っているのは、相沢なのではないかと入江は推測した。

この樋口侑真という男は、名前だけのお飾りなのだろう。

「そんなことを言われても……。あ、そうだ。んーと、入江くん？」

「なんでしょうか」

「悪いんだけど、お茶淹《い》れてくれる？　二日酔いが治りそうなやつ。濃い目がいいな」

樋口の図々《ずうずう》しい命令に、入江よりも先に相沢が目を剝《む》いた。

「社長、何を言っているんですか」

相沢の怒気など気にもせずに、樋口がへらへらと笑っている。

「そうそう、相沢さん。この人今日から俺の秘書だって。入江勉くん」

唐突に紹介され、「違います」と答えた。

「その話はなかったことになったはずですが」

「なってないよ？」

あっけらかんとそう言って、樋口が「お茶ちょうだい」と笑うから、デスクにある飲みかけのコーヒーカップを投げつけてやろうかと思った。

「秘書を付けるんですか？　何も聞いておりませんが」

突然の入江の雇用に、相沢は訳が分からないと声を出す。

「ええと、秘書っていうか、プライベート・アシストってやつ。俺の全部の面倒を見てくれるらしいよ」

相沢が胡散臭げに入江を見た。

「プライベート・アシスト？　聞いたこともありませんな」

それはそうだと相沢の視線を受け止め、入江も目礼した。入江たちの仕事は、広く一般に知れ渡っているものではなく、ある一定以上のステージにいる者だけが、その価値を知っているのだから。

「うん。俺もさっき初めて知ったんだけど。来たからさ。雇ってみようかと思って」

「社長、そんな簡単に……」

「あのさ、祖母からの紹介なんだよ。俺へのプレゼントらしい」

何かを言い掛けた相沢だったが、その声を聞いた途端、黙ってしまった。

「俺が忙し過ぎて、身体が心配だからって。なんだか仕事以外の体調管理までやってくれるらしいよ。考えてみたら便利だよな」

「樋口会長からのご紹介でしたか」

相沢が声を改め、それなら仕方がないという雰囲気を作られて、入江は内心舌打ちした。

「そう。まあ、忙しいのは確かだし、やっぱり、せっかく派遣されてきたのをすぐに追い返すのは、ばあちゃんにも悪いと思うしさ」

そういう感情論で物事を進めるべきではない、と言い返したいのだが、入江が口を開く前に、「というわけで、お茶淹れて」と、また命令された。

……祖母からのプレゼントだという入江を、樋口は受け取ると決めてしまったらしい。

「それ飲んだら会議出るよ。午後の視察にも付き合ってもらおうかな。初日だし、ちょうどいいんじゃないか。菊池くんを連れて行こうと思ってたんだけど」

「菊池は自分のデスクで死んでいますよ。昨夜あなたに連れ回されたせいで」

「じゃあ、尚更ちょうどいいや。入江くん、そういうのもいいんだよね？」

入江の顔を覗《のぞ》くようにしながら、樋口がにっこりと笑った。

愛嬌《あいきょう》のある仕草ではあるが、相手は無精髭を生やした男なのだから、心は一ミリも動かされない。

しかし樋口が雇うと決めてしまった以上、入江に拒否権はない。

「……それはもちろん。私は樋口社長のプライベート・アシストですから」

眉間《みけん》に力が入り過ぎて、さっきから頭が痛い。

「濃い目の緑茶ですね。ただいまお持ちいたします」

「うん。頼んだよ」

「かしこまりました」

初対面でマイナス四百点、プラスポイントはたったの三点という前代未聞の点数を付けられた男が、今日から入江のボスとなったわけである。

「そこの眼鏡。そんなところにしゃがみこんでんじゃねえよ！　影が映ってるだろ」

大声が飛び、熊のような髭ヅラの男が指をさしている。乱暴な仕草でしっ、しっ、と手を振られるまで、入江はそれが自分に向けられた罵声だと気付かなかった。

「ほら、ライト当たってんだろうが。お前がスポット浴びてどうすんだよ」

続けざまに怒鳴られて、やっとその場から退《ど》く。足元に並べられたフットライトが、なるほど自分を照らしていた。

光の射す方向を確かめ、それが当たらない位置にもう一度しゃがみこみ、床にテープを貼る。入江の指先ギリギリには、尖《とが》ったパンプスの先があった。這《は》いつくばって床に指を置いたすぐ側に、鋭い靴先がくるのだ。いつ指を踏まれるかとひやひやする。

「位置はそこで決まりね。次、突端まで来て、……そこでポーズ。場ギリ！」

長い足を追い掛けて、今度は照明が自分を照らさないようにちゃんと考慮しながら膝《ひざ》をついた。靴先に沿って素早く三角の形にテープを貼った。

「よーし。次の人。はい、歩いて。重ならないように、そこで止まる、はいそこ、場ギッて」

ステージの上、花道を闊歩《かっぽ》するモデルたちを追い掛け、ポーズを決める場所に目印を貼っているところだった。

「なんで……？」

膝をついたまま入江は小さく呟《つぶや》いた。

「こうやって場ギッておかないと、本番でライトとモデルさんの位置がずれるんですよ。あと、プレス席から写真も撮るでしょ？　一番いい位置をこうやって決めるんです」

テープを貼っている入江の側でフットライトの角度を調節していたスタッフの一人が、丁寧に説明してくれた。だが、聞きたいのはそこではない。

何故自分が、こんなところで、上司でもない男に怒鳴られながら、床に這いつくばってテープ貼りをしなければならないのかということだ。

「トラスト・ワン」の管理する商業施設の一つで、今夜ファッションショーが行われる。その視察に来ているはずだった。

不本意ながらも自分のボスとなってしまった樋口をアシストすべくやってきたというのに。それが会場に入ると、すぐに銀色のジャンパーを渡され、リハーサル中のステージに上がれと言われたのだ。何も分からないまま言われる通りにステージに立つと、その辺に転がっているライトを動かせと命令された。あっちだこっちだと怒鳴られるままライトを設置し終わると、次にはケーブルを巻けと言われた。モデルが歩く時に危ないだろうと言われ、なるほどと思い、それにも従った。それから様々な色のビニールテープを渡され、今に至る。

ジャンパーを素直に羽織ってしまったのが失敗だった。周りのスタッフも同じジャンパーを着ていて、要するに入江はファッションショーの設営スタッフとして当たり前のようにこき使われているのだった。

そして入江をステージ上に置き去りにした樋口はそのまま何処《どこ》かへ行ってしまい、姿が見えない。

「はい。じゃあモデル陣はお疲れさん。控室行って準備ね。あー、そこの眼鏡」

こちらを指して再び舞台監督が怒鳴る。どうして見ず知らずの男に、こんな扱いを受けなければならないのか。

「入江ですが」

「あ、そう。入江ちゃんね。ひぐっちゃんのところから来たんだろ？　じゃあさあ、次、裏に行ってあっち手伝ってよ。向こうも人手が足りないから」

言葉がぞんざい過ぎてまったく要領を得ない。

樋口のところから来たからなんだというのか。じゃあってなんだ、あっちとか向こうとか具体的な指示がないまま命令するな、頭が悪過ぎて話にならない。だいたいお前にちゃん付けで呼ばれる謂《いわ》れはないし、俺はお前の部下ではないのだから、命令される筋合いもない！

……と、言葉には出さずに眼鏡を押し上げた。

「いえ、私は……」

「佐藤《さとう》！　入江ちゃんを連れてったげて。こっちは撤収！　客入れる準備して」

人の話を聞かないのは樋口と一緒だ。自分をこんな目に遭わせたあの阿呆は何処に隠れているのかと客席を見渡すが、暗い上に皆同じような恰好《かっこう》をしているから区別がつかない。

監督に命令され、入江の横にいた佐藤という男が、「こっちへ」と誘導する。不満は募るが、樋口が見つからないため、入江は佐藤の後に続くしかなかった。

客席を抜け、会場の裏に繋《つな》がる廊下を歩いていく。細い廊下は人とすれ違うのも難しいほどで、その上照明の機材やコンパネ、木材などが並べられているからますます狭い。

「今日はいつもの人じゃないんだね」

障害物を器用に避《よ》けて歩きながら佐藤が話し掛けてきた。「ほら、あの柴犬みたいな子」と人懐こい笑顔で聞いてくる。

「柴犬。……ああ、菊池とかいう」

樋口に連れられ出掛けていく入江を見送った社員の顔を思い浮かべた。ホッとしたような、気の毒そうな表情をしていて不審に思ったものだが、その理由が分かった。昨日ははしご酒に付き合わされ、今日は労働力としてこき使われるところだったのを、入江が代わることになってのあの表情だったのだ。

「樋口社長は何処にいるんでしょうか」

「さあ何処だろ。調光室あたりかな。あっちこっち走り回ってるし。あの人なんでもできるから、重宝するんだよ」

佐藤の口振りは軽く、それだけでここでの樋口の扱いが分かる。今日行われるファッションショーの会場は、「トラスト・ワン」の所有するものであり、樋口はそこの社長だ。その上日本でも有数の巨大企業、樋口グループ代表の御曹司なのに、それに対する配慮も遠慮もまるでない。

「私は視察ということでこちらに出向いているのですが」

「ああ、うん。視察ね。そう。樋口さんはイベントがある度に視察に来てくれるんだ。いつも助かってる」

要するに樋口の言う「視察」とは、現場に出向いて設営の手伝いを買って出るということらしい。昨日も説明会に出向いたと言っては大酒を飲んだだけだと相沢が怒っていた。樋口の仕事の内容は、ほとんどがそんなことばかりなのではないかと思えてくる。

自分を雇うと言われたあの時、強硬に断ればよかった。引き留められた前職を蹴《け》ってまでやってきた先が、ここまでろくでもないところだったとは。

細い廊下を曲がり、控室が並ぶブースに行き着いた。こちらも人と物でごった返している。さっきまでいたステージ会場とはまた違う騒がしさで、スタッフも女性が多い。皆鬼の形《ぎょう》相《そう》で布やら帽子やらを抱え、走り回っていた。

「あの人チーフだから、やること聞いて。じゃ」

突き当たりで靴を並べている女性を指し、佐藤が踵《きびす》を返した。

「えっ？」

またなんの説明もないまま、女性ばかりの中に置き去りにされてしまい、慌てて追い掛けようとしたら、後ろから呼び止められてしまった。

「ちょっと。こっちに回されてきた人？　すぐ来て。これを番号順に並べて」

佐藤にチーフと紹介された女性がすかさず指示を出してきた。入江の着ているジャンパーは、有無を言わさず働かせてよいという目印になるらしい。

仕方がないので言われた通り、番号の振られた床に、同じく番号が付けられたヒールやブーツを並べていく。並べ終わると指示を仰《あお》ぐ間もなく次の仕事を言い渡された。

ドアが開いたままの控室の中では、モデルたちが着替えをしていた。マネキンのような均整の取れた身体で、全員がほぼ全裸だった。

躊躇《ちゅうちょ》する間もなくその中に突っ込まれ、一度に複数の用事を言いつけられる。椅子を運ばされ、衝立《ついたて》を組まされ、水を買ってこいと言われた。

「はい、開場しました。プレスが先に入ります。それではよろしく」

耳に付けたインカムから連絡が入ったチーフが叫び、控室がますます騒がしくなる。

何故、どうして俺が、と自問自答しながら、自分をこんなところに放り込んだ張本人の行き先は知れず、抗議をしようにも周りは血走っており、結局命令されるまま動き回らざるを得ない入江だった。

もう嫌だ……っ！　と叫びながら、入江はベッドに突っ伏した。

頭痛は治まらず、目の前がグラグラする。眼鏡がずれるのも構わず、ベッドシーツに顔を押しつけ呻《うめ》いていると、ヌッと伸びてきた手が眼鏡を取り上げていった。

「眼鏡壊れるよ。危ないし」

ベッド脇にあるサイドテーブルに入江の眼鏡を置き、樋口がすぐ横に腰掛《こしか》けた。弾力のあるマットが樋口の重みで更に沈む。

「なんでこんなことに……」

「二人とも家に帰れなかったからだろう？」

サイドテーブルの向こうにはもう一つダブルサイズのベッドがある。歩くのもおぼつかないほど酔っ払ってしまった入江を、同じくベロンベロンの樋口がホテルに連れてきたのだ。

ホテルのフロントは深夜近くに急遽《きゅうきょ》飛び込んだ二人に迷惑そうな素振りも見せず、セミスイートの部屋をすぐに用意した。腐っても御曹司ということか。

「やー、飲んだ飲んだ。流石《さすが》に二日連続はきついわ」

上から陽気な声が降ってくる。

ファッションショーがはけた後、打ち上げに参加させられた。その時点で疲労困憊《こんぱい》していた入江だったが、樋口が出るというから仕方なくついていった。だが、連れて行かれた打ち上げは、プレス関係や招待客などを交えた公的なパーティではなく、裏方ばかりが集まった、要するに単なる飲み会だった。

「入江ちゃん、意外と酒豪だよな。酒なんか飲まなそうなのに」

酒は得意なわけではないが、仕事と思えば付き合える。会が終わった後にボスを家まで安全に送り届けるのも入江の仕事だ。

それが送るどころか自分が帰れない状態になるまで酩酊《めいてい》してしまっているのは、職場放棄も同然で、入江は完全に仕事を投げていた。飲まなければやっていられないほど、いろいろなことに絶望していたからだ。

「……酷い」

「ああ、慣れないことして疲れちゃった？　そういう時って酒も早く回るよな」

「違います……っ」

舞台監督が行きつけだと連れて行かれた店は、俗にいうキャバレーと呼ばれる場所だった。ファッションショーに出演していたモデルたちと同じような彫りの深い女性たちに囲まれ、豊満な胸を押しつけられ、酒を注がれたら、飲む以外の何をすればいいのか。

「でも入江ちゃん、チョコマカとよく動いてくれたって監督が言っていたぞ。一回の指示ですぐに呑み込むし、勘がいいって」

「……あれは指示とかいうレベルじゃなかった」

入江の訴えに、樋口がふっと息を吐いた。馬鹿にされたようで気に喰《く》わない。

「あー、まあ言葉は乱暴だけど、いい人だよ」

「私にはそんな風に見えませんでしたけどねっ！」

ガンガンと痛む頭を無理やり持ち上げ、隣で笑っている男を睨み上げた。

「視察だというから、そのつもりでついて行ったんです」

「ああ、うん。俺の視察ってだいたいああいうことだから。よく動いてくれたと俺も思ったよ。お疲れさん」

よく頑張りましたと、子どもにするように頭を撫《な》でてこようとしたものだから、ブンブンと頭を振ってそれを回避した。避けられて空振りした手が空中で止まり、樋口が苦笑する。

気分を害したかと思ったが、この際構わない。樋口が今日、入江に対してやらかしたことは、もっと酷いことだったのだから。

「社長、雇用契約は破棄してください」

とてもこの男の下で働き、献身的に尽すことなんてできない。

「なんで？　破棄しないよ？　入江ちゃん、即戦力で使えるし」

「即戦力って……。あれはそういうものとは違うでしょうが」

あらゆる分野で即戦力になれる自信はある。秘書検定はもちろん、必要なIT系の資格は網羅している。その他にも経営学、コンプライアンスコンサルティング、宅建に設備管理業務資格、大型免許から栄養士、マッサージ師の免許まで持っている。趣味は資格取得だと言えるぐらいだ。

だがそれは、今日のような使い走りの仕事をするためにあるわけでは断じてない。

「いやいや、マジで。簡単そうに見えてもなかなかすぐには動けないもんなんだって。入江ちゃん、本当に覚えが早いと思うよ？」

それなのに、樋口はへらへら笑いながら、次もよろしくなんて言うから、とうとうキレた。

「だからああいう仕事に俺を使うなと言っているんだ。分からない人だな。覚えが早いとか、……そんなもんは当たり前だ！」

入江の叫びに、樋口が目をまん丸にした。

「次なんてない！　あり得ないっ！　なんで俺がライト運んだり、ケーブル手繰《たぐ》ったり床にテープ貼ったりしなきゃならないんだよ！　しかもボスでもない赤の他人に怒鳴られたんだぞっ！　このお、れ、が！　あの髭ヅラ熊男め！」

「あの、入江ちゃん……？」

「それに今日行ったあの店はなんだ？　ヒショサン、ヒショサンって、俺はヒショじゃねえ！

プライベート・アシストだ。なんで女と歌なんか歌わないといけないんだよ、三年目の浮気とか知らねえよ！」

「ちゃんと歌ってたじゃん。っていうか、入江ちゃん、昼とは別人になってるんだけど」

突然言葉を荒らげた入江に樋口が驚いている。

「あの慇懃無礼な言葉遣いは何処いったのよ」

可笑《おか》しそうに顔を覗いてこられ、ふん、と顔を背けてやった。

「あれは仕事用だ」

元々は気性が荒く口もきついのだが、それでは社会人としてやっていけない。学生の頃はこの性格で随分と軋轢《あつれき》を生んだが、大人《おとな》になるにつれて使い分けができるようになってきた。多面性など人間なら誰でも持っているもので、入江はその差が顕著なだけだ。そうやって仕事モードとプライベートモードとを切り替えることによって均整を保っているのだ。ボスになった人に自分の本性を見せたことなどもちろんない。だが目の前にいる男はまったく入江のボスに値しない。よって仕事モードを解除した。

「ふうん。器用なんだな。昼は白ツトム、夜は黒ツトムってか。面白いな」

豹変《ひょうへん》した入江に驚き、引くかと思ったら、今度はそんなことを言って樋口が笑うから、ますます腹が立ってきた。

「面白くなんかない！　俺をなんだと思っている。モデルの着替えまで手伝わされたんだぞ。

全員半裸だし！　胸とか出しっぱなしで！」

「それは美味しい思いをしたじゃないか」

「んなわけあるか。脱いだストッキングとか渡されて……ホカホカだったんだぞっ！」

入江の絶叫に、樋口がぶはっ、と噴き出したから「笑うな！」と怒鳴る。

「美味しい思いなんかするはずないじゃないか。あんなサイボーグみたいな裸体見たってなんとも思わないんだよ。だいたい女なんかぜんっぜん興味ないし！」

「へえ、入江ちゃんて、女性に興味がない人なんだ？」

「ない！」

性格とは正反対の、線の細いこの顔つきのせいか、こちらからアプローチをしなくても、入江は割と女性にモテた。

だが、口のきつさと、自分に厳しいが故《ゆえ》に相手にも同等のレベルを要求してしまい、すぐに振られた。一緒にいて楽しくない、プレッシャーを感じると言われ、皆去っていく。

初めのうちこそ人並みに傷つき、反省もしたが、そのうち自分の性格を隠してまで付き合うことに意味を感じなくなり、結局自分は恋愛には向かない体質なのだと結論付けた。

「恋愛なんか面倒臭い。仕事が恋人だ」

「でもそれじゃあ寂しくない？　人肌が恋しいって時だってあるだろう？」

不思議そうにそう問われ、ふ、と鼻で嗤《わら》ってやった。

「ないね。そんなもの。俺、セックスとか大嫌いだから」

ふぁっ、と驚いたような声を出す樋口の顔が可笑しくて、さっきのお返しとばかりにゲラゲラと声を立てて笑う。

「勿体《もったい》ない……。あんないいものを」

「あんたはそうなんだろうけどな、俺は嫌いなの！　あんなものの何処がいいんだか」

「それは入江ちゃんが気持ちのいいセックスをしたことがないからじゃないか？」

図星を指されてグッと詰まってしまった。

……確かに恋愛関係、特に性的なことに関して、入江はいい思いをしたことがない。

彼女には事欠かなかったから、当然セックスの経験も多少はある。だが、入江は他の才能に恵まれているせいか、そっち方面がからきし苦手なのだった。

それでも鍛錬を積めばいずれ匠《たくみ》の技とはいかないまでも、そこそこ習得できるだろうと高を括《くく》っていたのだが、全然上達しなかった。相手に言わせると、然《しか》るべき状況に於いて、情緒というものが徹底的に欠落しているらしい。

「とにかく嫌いなの！　俺は！　あんなものなくったって全然楽しく生きていけるんだよ」

最後に情交に及んだのはいつだったか。まだ今の職業に就く前の会社員の時代だったから、すでに五年以上は経っている。

その時に言われた。「機械みたい。全然よくない」と。

つまりは下手《へた》くそと言われたわけで、なんでも人並み以上にこなす入江にとって、その言葉はトラウマレベルの暴言だった。

以降、女性と関わることを止めた。

「女もセックスも大嫌いだ」

そんなことのために時間を費やすぐらいなら、プライベート・アシストとして上司に献身的に尽すほうが、よほど充実している。

入江の断言に、樋口が「でもさ」と口を挟んできた。

「プライベート・アシストって、要望はなんでも叶《かな》えるんだろ？」

「そうだが」

「じゃあさあ、そういうことを求めてくる人もいるんじゃないか？　何から何まで面倒見るんだよな」

「まあ……そういう要求もあるにはあるな」

「へえ」

「大企業の役職やっている人なんかは、確かにそっちも精力的な人が多いから」

既婚者でも、そういった欲求を外に求める人はいる。家族間での無駄な軋轢を生まないための調整や、病気などの予防を含め管理するのも入江たちの仕事なのだ。然るべき相手を紹介することもあるし、自ら奉仕を行うアシストもいる。

曖昧《あいまい》に暈《ぼか》してはあるが、広い意味で顧客の「すべての要求」に応え、お仕えするのがプライベート・アシストで、雇用条件には容姿端麗という項目もあるくらいだ。

「でも、全員がそういう要求をするわけじゃないし、だから俺は、ボスになる人は男性限定ということでお願いしている」

「ふうん。そうなんだ」

ボスが女性で、今樋口が言ったように夜の方面でのアシストを要求された時、入江にはクライアントを満足させる技術も自信もないからだった。だが、そんなオプションを付けなくても十分過ぎるほど、入江は顧客に尽してきたし、満足させてきたという自負がある。

「プライベート・アシストって大変なんだな」

「そうだよ。物凄《ものすご》く大変だ。でも、遣《や》り甲斐《がい》あるし、俺は天職だと思っている」

「天職かあ。それって凄く幸運なことだな」

「ああ。徹底的にアシストして、その人が動きやすいように先回りして全部お膳立《ぜんだ》てするんだ。関わる仕事も大きいからな、成果が出た時なんか、震えるぐらいに感動するぞ」

どんな些細《ささい》なことにも気が削《そ》がれないように細やかな注意を払い、望むものを本人が口にする前に察知し、準備を整える。気力が上がり、仕事の効率が上がっていく様を間近で見るのは快感だ。

「献身的なんだな」

感心したように樋口が頷いているからムカついた。

「どんな人にもっていうわけじゃないぞ。『ただし、有能な人に限る』だ。無能な奴《やつ》の下に就くのはごめんだ」

「はは。厳しいな」

自分のことを言われているのにも気付かず、樋口が呑気《のんき》に笑っている。

「当たり前だろう。なんのために転職して、訓練積んだと思ってるんだよ」

「入江ちゃんは転職組か。前は何やってたんだ？　会社員？」

「そうだ。……前に勤めていた会社の上司が酷かった。ああいう奴の下では絶対に働きたくない」

大学を卒業して就職した先は、一部上場の大手商社だった。期待に胸を膨らませ、挫折も味わうだろうが、真面目に努力を重ねていけば、乗り越えられると信じていた。自分の中に驕《おご》りがあったのは確かだが、入社してたったの二年で上司からのパワハラにより自主退職することになるとは、夢にも思っていなかった。

「仕事ができるって評判で、上からも下からも信頼が厚かった。業績も断トツで、凄い人の下に就けたと初めは俺も喜んだんだ」

「そうか。それでその有能な上司が、入江ちゃんがあんまり仕事ができるからって、潰しに掛かったのか？」

「そんなんじゃない。いくら俺でも入社してすぐに目を付けられるほどの仕事を任されるわけがないだろう。何千人と社員がいるんだぞ。組織というものを分かってないのか、お前は」

入江の暴言に笑ったままの樋口が肩を竦めた。

酔っ払った勢いで、樋口に相当な悪態を吐きながら、何故か自分の話をしている。樋口は相変わらずへらへらと相槌を打ちながら、笑顔で入江に先を促した。

「有能は有能だけど、仕事の仕方が真っ当じゃないんだ」

仕事ができると評判の上司は、実は同僚や部下の手柄を巧妙に横取りしていた。さり気なくトラブルの種を蒔《ま》き、人を窮地に陥れておいて、自分が解決してみせる。

ビジネスマンとしてある程度の腹黒さは必要だろうが、あの男の黒さは本物だった。人の弱みを握ったら絶対にそれを逃さず、恩を売り、時には脅迫し、交渉に利用する。

自分に極端な裏表があるのを自覚している入江は、上司のそんな裏の顔をすぐに見抜いた。そして上司のほうでも入江の聡《さと》さを警戒したのだ。

「向こうも頭のいい人だからな。狡猾《こうかつ》っていう意味で」

周りには気付かれないようにしながらの、執拗《しつよう》な嫌がらせが始まった。突かれて困る弱みなど、新入社員の入江には何もなくても、気持ちよく仕事をする環境を取り上げることは簡単にできる。

二年ほどは頑張ってみたのだが、入江はそこで見切りをつけて自主退職することになる。

我慢してまでしがみつくようなキャリアも持っていなかったから、未練はなかった。

「虐《いじ》めか。男社会のそういうのって陰湿そうだな。それで辞職したのか。大変だったな」

樋口の同情の言葉に不敵に笑う。

「平気だよ。きっちりやり返してから辞めたから」

副業が禁止されている職場で、その上司はこっそり副収入を得ていた。悪辣《あくらつ》な取引の現状も書面に上げ、しっかり証拠を添付して提出した。過去に遡《さかのぼ》った使途不明金についての上申書は、かなりの破壊力を持つ爆弾だったはずだ。

上司のあらゆる面での黒さを暴露し、姿を消してやった。

「提出してすぐに辞めたから、その後どうしたかは知らないけど、たぶんあのまま居続けるのは無理だろうな。言い逃れができないようにガッチリ固めてやったから。よくて閑職に回されるか。だけどあのプライドの高さじゃ、きっと耐えられないだろう」

売られた喧嘩《けんか》はその場で買わず、後払いの方針だ。

「頼もしいな。それで今の職業に就いたんだ？」

「そう。初めは普通の派遣として登録した。次の就職への繋ぎと思っていたし。そうしたら、ちょっと特殊な部門があるけど、やってみないかと言われた」

入江の所属する「パワーリソース・二見」は、規模は中堅だが、人材の豊富さとその優秀さで派遣先での満足度が高いとされ、ここ数年で急激に成長している。

登録説明会に出向いた入江に声を掛けてきたのは、二見社長本人だ。派遣業という業種柄か、彼もまた瞬時に相手の適性を見抜き、振り分ける能力があるらしかった。

二見に勧誘されて、仕事内容を聞き、面白いと思った。二年の会社員生活で、もしかしたら自分は組織内で働くのには適していないのではと迷っていたこともある。気が合わないのは我慢できるが、尊敬できない人間とは一緒に仕事をしたくない。

研修を受け、プライベート・アシストとして働き始めると、入江に声を掛けた二見の判断も、それを受けた自分の選択も間違っていなかったと確信した。

本当に有能な上司の下で働く素晴らしさを実感した。競争相手を引きずり下ろすのではなく、自分が高みに昇りつめようとする人の力強さに魅せられた。そんな人を全力でアシストすることの喜びを知った。もう他の職業に就くなんて、考えられないほどの充実した日々を得られたのだ。

「だから天職なんだな。よかったな、そういうの見つけられて」

自分のことのような顔をして喜んでいる樋口を見て、思い出した。

「そんな紆余曲折《うよきょくせつ》を経て、俺んところに来てくれたわけだ」

そうだ。この男が今の自分の上司なのだと。

「……マイナス四百点だぞ」

「ん？　何それ？」

キョトンとして聞いてくる顔を眺めながら絶望に陥ると共に、急激に瞼《まぶた》が重くなった。

息苦しさに目覚めると、上に男がいた。

「……何をしているんだ？」

仰向《あおむ》けになってベッドで寝ている入江の顔のすぐ上に、樋口の顔がある。

相変わらずのニヤケ顔で、朝見た時よりも無精髭が伸びている。入江の質問に答えずに、その顔が迫ってきたから素早い動きで回避した。

「おい、なんで上にいるんだよ。重い。退けろ」

首を振り回しながら叫ぶが樋口は退かず、落ちてきた唇が首筋に当たった。軽く吸われ、次には反対側に滑っていく。

樋口は上半身を脱いでおり、入江も何故か半裸だ。ワイシャツもズボンも脱がされ、パンツ一枚の恰好になっていた。

「ちょ……っ、どういうことだ。服は？」

「だって着たままじゃあ皺《しわ》になるし、苦しいだろ？　大丈夫、ちゃんとクローゼットに掛けておいた。ほら、明日ここから出社するんだから」

「出社しない。契約破棄してくれって言っただろ」

「破棄しないって言ったたし」

「退けろって！」

樋口と話している最中に瞼が重くなり、入江はそのまま寝てしまったらしい。それにしても、どうしてこんな状況になっているのか、まったく分からない。

「何？　なんで？」

「寝顔が可愛《かわい》かったから、つい」

軽い口調で樋口が言う。相変わらずのニヤケ顔が腹立たしい。

「なんだそれはっ。おかしいだろどう考えても。俺は男だぞ！」

「平気、平気。俺、両刀だから」

暴れて逃げようとするが、大きな男に組み敷かれてしまい、逃げ出せない。酒が回っているせいか、身体に力も入らなかった。

「俺は違う！　退けってば！」

「あー、そうだよな。うん。それでも構わないよ」

「構わないって！」

「ゲイってことだろ？」

「なんでそうなる。俺はストレートだ」

「えー、だってさっき女には興味がないって言ったじゃないか」

言った。言ったけれども、それは男に興味があるという意味ではない。

「アシストの仕事も、男としかやらないって言ってただろ？」

「それは、上司が同性なら、そういう関係を結ばなくて済むからという意味だ」

「あれ？　そうなの？」

樋口が驚いた顔をする。……どういう思考回路を持てばそんな考えに行き着くのだ。

「俺は男が好きだとは一言も言っていないぞ」

「そうだけどさあ、あの会話の流れだと、そう思われても仕方がないと思うよ」

「そんな解釈をするのはあんただけだって」

ええー、と不満げな声を上げている樋口の胸を押しやり、「分かったら退いてくれ」と頼むが、樋口が退かない。

「おい、退けってば！」

「んー、今更そんなこと言われても、俺、スイッチ入っちゃったよ？」

「知らねえよ」

勝手に勘違いをして謝るどころかそんなことを言い、樋口の顔が再び迫ってくる。

「やーめーろーって。スイッチ切れよ、馬鹿！」

入江の罵声に、何故か樋口が笑った。

「切れない。ていうか、入江ちゃんが魅力的過ぎて壊れた」

「うるさい、馬鹿！　壊れたなら修理しろ。今すぐに！」

叫びまくる入江に対し、樋口はまあまあまあと力ずくで宥《なだ》めてくる。おまけに「打てば響いてくるその暴言、なんか癖になってきた」と笑い、ますます迫ってくるのだ。

「いいんじゃないか？　この際楽しいセックスの仕方を覚えても」

そう言ってへら、と笑い、唇を塞《ふさ》がれた。

「んんんん――っ」

ぬるりと分厚い舌が入ってくる。気持ちいいとか気持ち悪いとかの前に酒臭い。

「酒臭い！」

「入江ちゃんもな」

「ああ言えばこう言う！」

「お互い様だろ？　お似合いだな、俺ら」

「似合わない！　間違ってる！」

何をどう言っても樋口は動じず、笑いながら迫ってくる。回避するために身体を無理やり反転し、シーツを摑《つか》んで上に這いずるが、背中から回ってきた腕で抱き締められてしまった。

「入江ちゃん、割と筋肉ついてるね。着やせするタイプか」

「知らん。離せ！」

「いいねえ。こういうの好きよ、俺」

そう言ってうなじを噛《か》んできた。前に回された掌《てのひら》がさらさらと胸を撫でる。男に組み敷かれたことも、こんな風に触られたこともない。上に逃げたくても首を噛まれているから動けない。

「首噛むなよ猫かお前は！　やだ、やだ！　そんなとこ触んなよ！　あっ、あっ！　馬鹿！」

こっちが本気で抗議しているのに、後ろの樋口は笑って「スイッチ・オン」などとほざき、乳首を摘《つま》んで押してくる。

「止めろって、言ってんだろ！」

「だって入江ちゃんの反応面白いんだもん」

「面白がるな、……んあっ！」

「ほらな」

笑ったままの唇が、ツ……、と背骨の上を這っていく。舌先で撫でられて、濡《ぬ》れた感触に驚き顎を反らすと、今度は乳首を引っ張られる。きゅ、と摘んだ後に指の腹で撫でられて、大仰《おおぎょう》な声が上がってしまい、ますます樋口が調子づいた。

「いい反応するね。感度いいみたい。どう？　気持ちいい？」

「よくないっ！　よくないから、やめ……、あっ、あっ……って、よせってば！」

何を言っても樋口には通じず、唇と指で身体中を弄《いじ》り回される。暴れたためか、一瞬眠りに落ちて醒めかけた酔いがぶり返してきた。

「あ、抵抗止んだ。……よくなってきた？」

力尽きている入江に、樋口がまた大きな勘違いをしてそんなことを言ってきた。どうあってもこの男とは話が通じ合わないらしい。それでも最後の抵抗で、「全然よくない」と文句を言ったら、樋口は笑って「じゃあ、もっと頑張る」と、変に張り切るから愚か者だ。

胸先にあった手の片方が下腹に滑り、撫で回しながら入江のパンツを摺《ず》り下ろしていく。前を狙っているのを悟り、「駄目だ。止めろ」と腰を捻《ひね》って逃げようとしたら、その手がスルリと後ろに回り、半分出た尻《しり》を撫でてきたからびっくりした。

「な……、なっ、お前、何処触っ……っ、っ、な――――っ！」

ツプリ、と指先がとんでもないところに入り込み、絶叫した。

「力抜いてて。大丈夫だから」

「無理、むりむりむりむり！　抜けって、馬鹿、ぁ、ひ、……ひ」

「そうそう、ゆっくり息吐いて。暴れると傷つくからね」

宥めるような声で言われ、従わなければならない理由が分からない。人にそんな場所を触れられたショックと、経験したことのない異物感とでパニックを起こし、身体が硬直した。

「ふー、ふー、って息吐いてごらん。楽になるから」

「ふー、ふぅ……っ、お前がそれ抜けよっ！」

「本当、新鮮な反応するなあ」

後ろで樋口がくすくすと笑っている。

「うるさいっ、抜けっ！　馬鹿馬鹿！　あっ、馬鹿ぁ……」

「あーあ、なんだ、可愛いな、入江ちゃん。惚《ほ》れた」

「なんでそうなる！」

「罵《ののし》られる度に、愛が深まるのはどういうこと？」

再び元気を取り戻し暴れ始めた入江に樋口は動じず、今度は耳を噛んでくる。笑い声と一緒に熱い息と、クチャ、という水音が入ってきて、ビクビクと身体が跳ねた。

後ろに潜り込んでいる指が入り口の辺りを解《ほぐ》すように撫で、少しずつ進んでくる。入江がく、と喉《のど》を詰めるとまた耳に息を吹き掛けてくるから、力が入らない。

ぬくぬくと指を出し入れされ、耳を舐《な》め、首筋を甘噛みされる。蠢《うごめ》いている指はまだ浅い場所にあるようで、だけど異物感が凄《すさ》まじい。動かされる度に出てしまう声は、未経験なことに対する恐怖心だ。それが分かっているのか、うなじを噛む仕草は慰めるように柔らかく、時々「頑張って」と励ましてくる。

「……頑張れって、お前が言うな！」

うなじに吸い付いた唇がくく、と喉を鳴らす。楽しそうな様子が気に喰わなくて、もう一度暴言を吐こうと口を開き掛けたら、中にある指がくい、と曲げられた。

突然、内側から大きな衝撃がやってきた。

「っ、…………あ―――っ」

自分でも驚くぐらいの声が出て、開いたままの口が閉じられなくなる。樋口が指を動かす度にその衝撃がやってきて、目の前が白くなった。

「ここ、前立腺《ぜんりつせん》。どう？」

どうもこうも、息もできない。腹の奥から熱いものがせり上がってくる。

やばいと思った。

「……よ、止め……っ、は、は、ぁう、……」

シーツを握り締め、必死に口元に持って行く。これ以上これを続けられたら、我慢できそうにない。

「樋……、止めて、……もう、……っ、も……ぅ」

余裕のない声で懇願すると、樋口が「え、もう？」と訳の分からないことを言う。

「早いな。っていうか、入江ちゃん、本当は凄く感度いいんじゃん」

違う、違う、と首を振っていると、また耳元に口を寄せてきた。

「……いいよ。出しちゃって」

「違……、っ」

せり上がってきたものを抑えるのが精一杯で否定の声が出せずに、詰めた喉がぐぅ……、と不穏な音を立てた。

「えっ？　出るってそっち？」

入江の様子にようやく気付いた樋口が、慌てて顔を覗いてきた。

「……気持ち悪い。吐く」

「わー、ちょっと待って。我慢できるか？」

ようやく指が抜かれ、背中を擦《さす》られた。

シーツで口を押さえ、ふう、ふう、と鼻で息を継ぎ、懸命に吐き気を堪《こら》える。

驚いた様子で背中を擦っていた樋口がベッドから下りた。冷蔵庫から水の入ったボトルを持ってきて、「飲めるか？」と入江の目の前に差し出してきた。

助けられながらゆっくりと身体を起こし、水を口にする。飲んでいる間、樋口が身体を支えてくれた。回された手が、肩を撫でている。

少しずつ水を含み、用心深く嚥下《えんか》する。冷たい水が食道を下りていくのと一緒に、吐き気も治まってきた。

「……大丈夫か？」

肩を抱いたまま、樋口が顔を覗き込んできたから、最大級の眼力で睨んでやった。

「必死に気持ちいいのを我慢してるのかと思ってた。可愛いなあって」

何処までも能天気な男に喰って掛かろうとするが、まだ声が出せない。

「動くとまた気持ち悪くなっちゃうよ。大人しくして」

パウダールームから濡れたタオルを持ってきて、顔を拭《ふ》いてくれた。

「寄り掛かっていいよ。ほら」

グラグラしながらも意地を張っている入江の肩を抱き、水を持っている入江の手に自分の手を添えて、零《こぼ》れないように支えてくれる。

甲斐甲斐しく面倒を見られ、普段であればそういうことは入江の仕事なのだが、酔いの上にいろいろなショックが重なり、樋口の言う通り、身体が動かせないのだ。下を向いただけで目の前が揺れ、横になることもできなかった。

「……散々だ」

「まったくだ」

「あんたのせいだろうがっ」

「お、回復してきた」

ようやく悪態を吐くまでに回復した入江を見て、樋口はまた楽しそうに笑った。なんでも自分の都合のいいほうに変換するのが、この男の特技らしい。

「次は酒の入っていない時にやろうな」

「しない！」

「そんなこと言うなよ。慣れたら随分よくなると思うよ？　セックス嫌いとか、勿体ない。こんなに感度がいいのに」

「ないぞ！　そんなもの！」

「大丈夫。俺が優しく開発してやるって。任せて」

ぬけぬけと言い切り、「あー楽しみ」と笑っている。

「それにしてもばあちゃん、いいもんくれたなあ。後で礼を言わなくちゃ」

「人をおもちゃみたいに言うなよ。というか、そういう相手は別の人にしてくれ。そっち方面の要求なら、然るべき相手を派遣するから」

「えー、入江ちゃんでいいよ」

「……だから、俺はそういうのは得意としないんだって」

「そこがいいんじゃないか。大丈夫だ。俺が得意だから」

しゃあしゃあと言ってのける男をギリリと睨むが、樋口はまったくへこたれない。ある意味最強の精神の持ち主だ。

「入江ちゃん、前髪分けないほうがいいな」

きっちり七三に分かれていた髪型は、暴れたために分け目がなくなっていた。もしゃくしゃになっている髪を撫で、樋口が笑う。

「可愛い」

「うるさい。余計なお世話だ。触んな」

罵声を浴びせても樋口はまったく気にもせず、何故か笑顔が大きくなる。

「本当、ばあちゃんに感謝だ」

そう言って今度は肩に回された腕で引き寄せられた。間近に樋口の顔がくる。無精髭の顔は相変わらずむさ苦しく、そんな顔で無邪気に笑う。よくよく見れば端整な造作で、ちゃんとすれば見栄《みば》えもよくなるのにと思う。

白い歯を覗かせたままの唇が近づき、チュ、と音を立てて吸われた。意地で目を開けたまま、無表情でなんの反応も示さずにいると、やはり目が開いたままの樋口がまた笑う。

「気い強いの、凄い好み」

「知らん」

「そういうのが可愛く蕩《とろ》けてくのって、すげえそそられる」

楽しそうな口調が非常に腹立たしい。

「何言ってんの？　さっきから可愛い、可愛いって、男に対する褒め言葉じゃないだろ！」

「だって可愛いんだもんよ。昼間の慇懃無礼な白ツトムも面白かったけど」

「面白がるな、顔近づけんなっ！　馬鹿！」

「今の暴言黒ツトムはめっちゃ可愛い」

「また可愛いって言った！」

「なあ、入江ちゃん」

逃げようとする身体を引き寄せられ、樋口の顔が再び近づく。

「プライベート・アシストってさ、要するに、……全部俺のものってことだろ？」

耳元で樋口が低く囁《ささや》き、ドキリと心臓が跳ね上がった。腰にクるようなハスキーボイスは、その効果が分かっていてわざと出しているようだ。

「……そんなイケメンボイスを使っても、俺には通じないぞ」

冷静な声で言い返すと、樋口が天井を見上げて豪快に笑った。

「そういう口説《くど》き文句はほだされそうな相手に使え。ついでに開発のほうもな。恋人を作ればいいだろう」

腐っても御曹司なのだから、いくらでもお相手はいるだろうと思うのに、今度は樋口が「んー、俺もそういうの面倒臭い」と言い出す。

「俺もほら、いろいろと忙しいだろ？　なかなか上手《うま》くいかないんだよな」

入江の肩を抱いたまま、樋口が愚痴を言った。

「飲みに行ったり、現場駆け回ったりか。そりゃ忙しいだろうな」

入江の嫌味に樋口は大真面目に「そうなんだよ」と頷いた。

「恋人ができたりするじゃん。それで、ちょっと付き合うと、思ってたのと違うって言われて逃げられるんだ」

樋口の嘆きに、なんだお前もかと、ほんの少しだけ嬉しくなった。

「そりゃそうだろうな。それだけ傍若無人《ぼうじゃくぶじん》だと」

たった一日一緒にいただけの入江でさえ呆《あき》れたほどだ。樋口グループトップの次男坊だと思い、近づいた女性——樋口の場合は男性もあるのだろうが、セレブな付き合いを期待すれば、すぐに幻滅させられるのだろうと納得した。

「俺の理想としては、こう、仕事にも理解があって、一緒に隣を走ってくれるようなのがいいんだけどさあ」

「あんたの暴走に付き合うのは大変だな」

「やっぱり？　それで、忙しい時は文句も言わず放っておいてくれたり、疲れたら『お疲れ』なんて優しく迎え入れてくれたり」

「だいぶ自分本位だな」

「強くもあり、可愛くもあり」

「要求多過ぎだろう」

「尚且《なおか》つ色っぽく。ここ重要な」

夢を語るのは勝手だから言わせておく。

妄想に近い理想論を語っている樋口の声を聞きながら、そういえば、学生時代にこんな感じの男がいたなと思い出した。

言動が軽く、常に楽しそうで、いつでも人の輪の中心にいた。

入江とはそれほど親しくなかったし、卒業して何処に就職したのかさえ知らないが、あいつは今どうしているのだろうかと、ふと思った。

成績は入江には及ばなかったが、グループ研究の時などハッとするような視点からの発表があった。あの同級生の発想だと、直感で分かった。光るものがあるのに纏《まと》め切れていないのが、惜しいと思ったのを覚えている。あの時に自分があのグループにいたなら、もっと完成度の高い研究ができたはずだと、密かに思ったものだ。

一度ぐらいはあいつと組んで研究をしてみたかった。彼をアシストしたら面白かったかもしれない。あの頃はまだ自分の適性を知らずにいたから。

「どうした？　まだ気分悪い？」

昔のことを思い出しぼんやりしていたら、樋口が顔を覗いてきた。

「それとも見惚《みと》れてた？　さっきの続き、やる？」

にっこり笑って阿呆なことを言っている男から視線を外し、入江は盛大な溜息を吐いた。

「……やらない。疲れた」

脱力している入江を他所《よそ》に、樋口は「じゃあ、寝ようか」とシーツを捲《まく》っている。寝るのに異存はないが、何故お前がそこに横たわっているのかと、笑っている男を睨んだ。

「一人で寝る」

「そんなこと言うなよ。ほら、来いよ」

入江は無言で立ち上がり、隣のベッドに移動した。

「……なんでこっち来るんだよ！」

シーツに身体を潜り込ませたら、何故か樋口まで入ってくるから追い出そうとするが、大きな身体が出て行かない。再びベッドから抜け出そうとした入江の身体を後ろから抱き締められて、入江はとうとう諦めてしまった。

ショッキングな出来事が重なり、身体は泥のように疲れていたし、懲《こ》りない男を相手に口論を続ける気力も残っていない。

「……勝手にしてくれ」

投げやりな言葉で締め、入江は目を閉じた。悪夢から目覚めるには、まずは眠りに落ちるしかない。

吐き気は治まり、目を瞑《つぶ》っていると、すぐにも眠気がやってきた。

「……なあ、入江ちゃん」

「しゃべんな、もう」

話し掛けてくる声を邪険に遮ると、ふふ、と樋口が笑った。

何が面白いのか、さっきからこの男は笑いっぱなしだ。その上男の自分に対し、可愛い、可愛いと何度も言い、ふざけるのも大概にしろと言いたい。

大人しくなった入江を抱き込んだまま、樋口が耳元に顔を寄せている。また悪戯《いたずら》を仕掛けてこられたが、抗議をするのも面倒くさい。とにかく眠い。

「なんでもいいから……」

とにかく寝かせてくれ。

最後まで言えたのかどうかも分からず、入江はストン、と眠りに落ちていた。


起きたら全裸だったことについて、朝から激論を交わしている。

「寝ている間に何かしたんじゃないだろうな」

「そんなもん、もちろんしたよ」

「……何したんだよ？」

「あれー、覚えてないんだ。残念だなあ。じゃあ、身体に聞いてみようか。思い出すかもよ」

……朝からこうだ。へこたれない性格と、減らず口は入江の上をいっている。それは天晴《あっぱれ》だと思う。

「しかし全然起きないんだもんな。突いても舐めても」

「舐めんなよ！　突いたってのはなんだ？」

叫ぶと自分の声が頭に響く。二日酔いと筋肉痛と得体の知れない身体の重みで最悪の朝だ。

「腰が重いんだが」

恨みがましい目で樋口を睨むと、「マッサージしてやろうか」と手を伸ばしてきた。それを跳ね除《の》け、ベッドから下りようとしたら、カクン、と膝が笑った。

「大丈夫か？　昨日無理したもんな」

崩れ落ちそうになった身体を樋口が支える。ベッドにもう一度腰を下ろし、入江は自分の身体の状態を確認した。

慣れない肉体労働をしたために、多少の筋肉痛を起こしているのは仕方がない。その上大酒を飲み酔っ払った挙句、樋口に襲われ大暴れしたので、それもあるのだろう。

だけど身体の違和感はそればかりではなかった。

「……なんか、尻が痛い」

昨夜の出来事は寝落ちした部分を覗けばほぼ記憶に残っている。樋口に尻を狙われたことも、覚えていた。情けない回避の仕方になったが、ちゃんと守れたはずなのに、あの時の異物感に似たものが、まだ残っているのが解せなかった。

「……俺が寝ている間に何した？」

剣呑な声で再び質問を繰り返すと、樋口が戸惑ったように目を逸《そ》らすから、黒い疑念が湧いた。

「まさか、寝ている間に襲ったんじゃないだろうな」

「……ええと」

「ちゃんと言え」

「あー……でも、いい？　って聞いたよ？」

「いいって何がだ！」

「そしたら入江ちゃん、『いいよ』って言ったし」

「言ってない」

「『勝手にしろ』とも言ったじゃんよ。だから合意ということで」

「それは合意か？　違うだろう」

「えー、合意だろう？」

「違う！　だいたい寝ている人間に話し掛けんなよ。何やってんだよ！　っていうか、……まったく覚えがない」

「それは残念。次は起きてる時にしような」

青くなって考え込む入江に、樋口が能天気にそんなことを言ってくるから、また叫ぶことになる。

「嘘《うそ》だ！　やってない。絶対にやってないぞ」

「したってば」

へらへらと笑う樋口はまったく信用ならない。確かに腰は尋常ではないくらいに重く、尻の違和感も経験したことのないものだ。だけど、いくら酔って正体をなくしたまま寝入ってしまったとしても、尻を掘られて気が付かないものなのか？

疑問と信じたくない気持ちとで、茫然《ぼうぜん》としている入江の顔を、樋口が覗き込んできた。

「……本当に覚えてないのか？　本当に？　全然？」

何度も聞いてくる声が、だんだん湿ってくる。「本当に『いいよ』って言ったんだよ」と言ったまま、しゅん、と大きな身体の男が項垂《うなだ》れた。

「入江ちゃん、それって酷くない……？」

遠慮がちに責められて、「うぅ」とこちら側が詰まってしまう。

寝入りばなに話し掛けられて、ぞんざいに答えた記憶はある。だけどその先は本当に落ちるように眠ってしまい、何も分からないのだ。

「しかし……」

……本当にやったのか？

戸惑っている入江の前で樋口は傷ついたまま項垂れている。

樋口は入江が許可したと言い張る。寝ぼけた上の言葉だったとはいえ、覚えてないと言われ、その上一方的に責められたのでは、樋口も心外だろう。

「ええと、……まあ、昨夜《ゆうべ》は酔っていたことなので……」

不問に付してもらいたい、と強く出られないまま入江が言うと、じと、とこちらを見つめ、樋口が溜息を吐いた。

「責任取ってよね」

「……責任、ですか。え……」

混乱している入江の前で、立ち上がった樋口が大きく伸びをした。

「そろそろ準備しないとだな。遅刻したらまた相沢さんにどやされるから。ほら、入江ちゃんも支度《したく》しよう」

パンツを差し出され、茫然と受け取る。

「着替え、手伝おうか？」

けろりとした顔で今度は笑っている。完全に樋口のペースに乗せられているのにムカついて、「いいです」と、断った。

結局事実は有耶無耶《うやむや》になり、やったのかやらなかったのか、釈然としない。存在が冗談のような男だから、担がれたとは思うのだが、完全に否定する材料が入江にはないのだ。

「何処かで朝食を食べていこうか。入江ちゃん、食べられる？」

昨日樋口との雇用契約を破棄してくれと懸命に頼んだが、それも拒否されている。

所属している派遣会社に連絡を入れ、恥を忍んで辞退させてくれと頼むしかないが、今の時間ではそれも無理だ。社の信用を考えたら、怒りに任せて逃げるわけにもいかなかった。

取りあえずは今日一日だけ。夕方まで我慢して、二見社長に頭を下げよう。

それまでに、なんとかこの能天気な男を説得しなくてはと考えながら、樋口がクローゼットから取り出してくれた自分のスーツを、入江は力なく受け取った。

樋口に伴われ職場に入っても、入江は茫然としたままだった。

昨日からのいろいろな出来事がショック過ぎて、未だに自分を立て直せない。だいたい、前日と同じスーツで出社したことなど初めてで、そんな有様に自己嫌悪に陥る。樋口には暴言を吐きまくり、……まあ、それに関しては全然後悔していないが、プライベート・アシストとしては、まったくもって失格だ。

「仕事が始まる前にお茶でも飲もうか。まだ身体がきついなら、俺が淹れるよ？」

「いえ、……そんなことは。私がやりますから」

「いいって、いいって。俺と勉ちゃんの仲なんだから。甘えていいんだよ？」

「私が淹れますのでっ！　……社長こそ休んでいてください」

打ちひしがれている入江に対し、樋口は昨日と同じチャランポランな態度だ。

「なんだ。二人きりの時はあんなに打ち解けてくれてたのに。白ツトムになっちゃってるよ？遠慮しないで、勉ちゃん」

「いいえ、これは私の仕事での仕様なのでお構いなく。それから名字でお呼びいただけるようお願いします。『ちゃん』もいりませんので」

「そんな他人行儀な」

「他人ですから問題ありません」

「俺のことも下の名前で呼んでくれていいよ」

「そんなわけにはまいりません」

「昨日は呼んでくれたじゃないか」

「記憶にございません」

「ほら、言ってごらん。勉ちゃん。昨夜のベッドでの時みたいに……」

「呼ばないって言ってるだろ。ふざけるな！」

「出た。黒ツトム。これこれ、これが堪らないんだよなあ」

我慢しきれず入江が噴火し、樋口が高らかに笑ったところで、コンコンとドアがノックされ、相沢が入ってきた。

「……昨日はまた、派手に羽目を外されたようで」

昨日とまったく同じスーツを着た二人の姿を見て、相沢の眉が激しく寄った。

「昨夜のパーティには出席されなかったそうですね」

挨拶をする間もなく、相沢の説教が始まってしまう。

「ああ、うん、ほら、裏方のほうの打ち上げに誘われちゃったからさ」

「顔を出すぐらいはできなかったんですか。トヨミ電工のご令嬢が社長にご挨拶したいと、待っていらしたんですよ」

「あらら、そうなの？　そりゃ悪いことしたね」

　ヘラヘラと、まったく悪いとも思っていない口調の樋口に、相沢は頭痛を堪えるようにこめかみを押さえ、小さく首を横に振った。

「ちゃんと事前に言っておいたでしょうに。……わざとバックレましたね……？」

「そんなことないって。ついさ、うっかり。それに、昨日の催しはうちの施設だけど、企画運営はうちじゃないんだしさ。俺がわざわざ顔を出さなくてもよかっただろ？」

「じゃあわざわざ視察に出向く必要もなかったはずですがね」

　苦々しい表情で樋口に苦言を呈している相沢に、入江は大いに同情した。勝手な行動を取る樋口の尻拭《しりぬぐ》いをするのに彼は始終奔走させられているのだろう。自由気ままなこのお飾り社長を操縦しながら表に立てるのは大変だ。

「それから『依田硝子』の展示会の件、今日こそは報告を纏めてもらいますよ」

「ああ、それね。それさあ、だからもうちょっと待って」

「待てませんよ。展示会は秋なんですよ。それこそ施設の貸し出しのみで、うちが主催じゃないんですから。時間を掛ける必要がないでしょう。速やかにお願いしますよ」

　滔々《とうとう》と社長に指示を出している相沢に、樋口は「分かった、分かった」とまたいい加減な相槌を打ちながら聞き流し、デスクにあるパソコンの電源を入れている。

「あ、ちょうど依田硝子さんからメールが入ってる。ちょっと待ってくれる？」

「では早く報告書を……」

相沢の催促に「ちょっと待て」だけを繰り返しながらメールの内容に目を走らせる。声が耳に入らなくなった樋口の様子に、相沢が大袈裟《おおげさ》に溜息を吐き、その場に立ち尽した。

デスクを挟んで対峙《たいじ》する二人を残し、入江は緑茶を淹れるために部屋から離れた。あの調子では、樋口が報告書を上げない限り、相沢は動かないだろう。

御曹司のお守りは大変だと、他人事《ひとごと》のように思いながら、入江は丁寧な手付きでお茶を淹れた。どんなに尊敬できない相手でも、今日だけは自分のボスなのだ。

昼にでも時間が取れたら、派遣会社のほうに連絡を入れようと考えながら、淹れたての緑茶を持って社長室に戻ると、室内の様子が変わっていた。

相沢と樋口は相変わらず同じ場所に位置していたが、もう一人社員が増えていた。昨日入江を見送った新人の菊池という男が、焦った様子で手帳に何かを書きこんでいる。

「しかし社長、開催は十月の終わりで、四ヵ月を切っていますよ」

樋口に意見する相沢の声も切羽詰っている。

「大丈夫だって。それだけあれば十分間に合う」

「無茶です。いくらなんでも準備期間が足りません」

入江がお茶の用意をしている間に何か異変が起こったらしい。部屋を出る前に樋口が見ていた、あのメールが原因だろうか。

「何かあったんですか？」

入江の声に、相沢がこちらを向いた。先ほど厭味《いやみ》ったらしく説教をしていたのとは違い、その形相は明らかに困惑していた。

「『依田硝子』からのメールですか？」

入江の言葉に瞠目《どうもく》する相沢を見て、自分の推測が当たったことを確信した。

「トラブルでしょうか。クレームでも？」

「いや。それが、新作展示会の企画をうちで一から請け負うと言い出して……」

今回の依田硝子の展示会は、会場を貸すのみで、持ち込まれた催事内容を吟味し許可するまでの仕事だったはずだ。それが急遽展示会の企画から始めるというのだから、相沢が困惑するのも無理はない。

無茶だという相沢の説得に、樋口がやると言ってきかないのだ。

「工房の人と飲みに行ってさ、ちょっと面白い方向に話が転がっていったもんだから」

樋口は一昨日《おととい》、件《くだん》の依田硝子の職人及び営業と飲みに行き、そんな無謀な話を自分から持ち掛けたらしい。

「何点かサンプルも見せてもらって、話を聞いたんだよ。展示用の工芸品はもちろん凄いんだけどさ、本当は使ってもらってこそ、良さが分かるんだって力説されてね。じゃあ、それを体験させてよってことで、いろいろ試させてもらったんだ」

日本酒を扱う店に連れて行き、無理を言って持ち込んだグラスで試飲させてもらい、その使い心地を体現してきたという。

「口につけたときの薄さと、口内に流し込んだ時の温度とか、凄い計算されてんの。器によって味が全然違うんだよ。これは是非紹介したいよな！　っていう話になってさ」

ただ作品を展示するだけでなく、会場に訪れた人々が直《じか》に手に取り、実際に使用し、その使い心地を体験できるような催しにできないかと話し合い、ガラス製品の展示と日本酒の試飲会とを同時に開催するという、コラボ企画の提案をしてきたというのだ。

そして展示会の主宰である工房の社長に連絡を取ってもらい、向こうで会議を開いた結果ゴーサインが出て、その旨《むね》のメールが今朝届いたということらしい。

根本的な企画の練り直しから、展示品の種類、提携する酒造の選別、宣伝まですべて任せたいと、改めてイベント企画の依頼が「トラスト・ワン」にもたらされ、たった四ヵ月足らずの準備期間で、それを請け負うのだという。

「ディスプレイデザインの発注はもう済ませてあって、動き出しちゃっているからね。そっちとも兼ね合わせて、上手く運んでいけたらいいと思ってる」

「それは……しかし、今からそんな多方面とコラボするというのも、却《かえ》って難しいのでは。いっそ開催時期を延ばすというのはどうでしょう」

あまりにも無謀な計画に、相沢が青くなって妥協案を切言するが、樋口は笑って「大丈夫」

と太鼓判を押している。

「会場は他の催事のスケジュールですでに埋まっているだろ？　空きを待っていたら来年以降になってしまう。それじゃあ意味がないんだ」

秋は蔵出しの時期で、日本酒を嗜《たしな》むのには最適な季節だ。樋口がガラス工芸に日本酒を絡ませようと考えたのには、彼なりのちゃんとした理由があったのだ。

「頭ん中で青写真は出来上がってるから。いけるよ」

そう言って、やはり青い顔をして立っている菊池に、これからの指示を飛ばしているところだった。

「菊池くん、一昨日回った店に連絡して、契約してある酒造を調べてアポ取ってくれ。あの時話は通してあるから、店主に言えば情報を提供してくれるはずだ。交渉は俺がする」

「一昨日の、……ですか」

「名刺もらっただろ？　君、美味《うま》い美味い、って飲んでた大吟醸《だいぎんじょう》な、あれ、意外とレア物なんだぞ？」

「あ、そうなんですか。はい、あの日本酒、めちゃくちゃ美味しかったです。……二軒目からは、もう味が分からなくなってましたけど」

「なんだ。頼りないな。菊池くん、もっと酒に強くなりたまえよ」

立ち上がった樋口が、笑顔で菊池の肩をポンと叩《たた》いた。

「そういうことで、店への連絡をよろしく。どうせなら目玉になるような物をあと数点出したいな。他にも協力してくれそうな酒造に声を掛けるか。ああ、それから大使館にも連絡を取ってくれ」

「大使館、ですか？」

菊池が恐れをなしたような声を上げた。

「諸外国には日本酒ファンが多いからね。声を掛けたら喜んで集まってくるだろう。展示会に先駆けて、レセプションパーティを開く。大々的に宣伝してもらおう」

「パーティですね。ええと……いつ頃に？」

「それはこれから検討する。すぐに動けるよう、準備を頼むよ」

頭の中では目まぐるしくいろいろな情報が回っているらしく、様々な指示を同時に飛ばす樋口の声に、菊池が必死にメモを取っている。

「それで相沢さんには、比較的すぐに動けるメンバーを集めてほしい」

懸命の説得もむなしくどんどん話を進める樋口に、相沢は諦めたように一瞬下を向き、次に上げた顔からは、迷いがなくなっていた。

「午後一で会議を開く。それまでに集められるだろう？　よろしく頼むよ」

樋口の力強い声に、相沢が頷いた。

「しばらくはこれに時間を取られるということですな」

「うん。そうなると思う」

「分かりました」

相沢が出て行き、それを見送った樋口が再びパソコンに向かった。二日酔いでグダグダだった昨日とは打って変わり、キビキビとした動作で作業に取り掛かっている。

「それと菊池くん、予算についてのことなんだけど」

矢継ぎ早の樋口の指示に、許容範囲を超えたらしい菊池が、手帳を落とした。

「あ、すみません。ちょっと……待ってください」

慌ててしゃがみこむのを横目で見ながら、入江は自分の鞄からノートパソコンを取り出した。部屋の隅に置いてある椅子を拝借し、膝の上にパソコンを乗せた。

「菊池さん、今出された指示は、すべて私がやりますから、取りあえず一昨日行ったという店の名刺を持ってきていただけますか」

パソコンを直《ただ》ちに立ち上げ、樋口の飛び散らかった指示の整理に掛かる。

企画チームの編成、スポンサー、提携企業、宣伝方法と使うべき媒体、レセプションパーティと招待客のピックアップ、予算案。そしてまずはこれらを短期間で遂行させるためのスケジュールの調整だ。

「次の指示は企画チームを編成した後、改めて社長のほうから出していただきますから。それではよろしくお願いします」

手帳を拾い上げた菊池が、ペコリと頭を下げて部屋を出て行った。

「社長、まずはその頭の中にあるものを全部出してください。こちらで整理します」

午後一で開くという企画会議のためのレジュメを作成しながら、これからしなければならないことを羅列していく。

「仕事が山積みと相沢さんに言われていましたが、そちらの処理はどうされますか」

画面上にいくつものウインドウを開きながら、樋口の指示を仰ぐ。

「社長自身のご決断が必要なものと、そうでないものを振り分けます」

高速で指を滑らせながら話す入江の横顔を、樋口が呆気《あっけ》に取られたように眺めている。

「管理・運営部門のほうは、相沢さんにお任せする方向でよろしいでしょうか」

「ああ、……うん。そっちは相沢さんに丸投げで平気だ。いつものことだから」

「そうでしょうね」

自分の中で構築されていた情報を軌道修正する。「トラスト・ワン」の実権を握っているのは相沢ではないかという入江の推測は、半分は当たっており、半分は違っていたようだ。

彼は元々あった施設管理に於いてのエキスパートなのだろう。そして樋口が今のように企画部門で忙しくなり手が回らなくなった時、他の仕事を一手に引き受ける役割を果たしているのだ。

そして自分は、樋口についても、考えを改めないといけないらしい。

愚鈍でやる気のない、ただのお飾り社長ではなかったようだ。

第一印象で相手を見誤ったことは初めてで、悔しいと思うと同時に、俄《にわ》かに闘志が湧いてきた。樋口の提案は途方もないようで、だけど確かに面白い。

「宣伝についてはどのようにお考えですか？　それから依田硝子とも早急に打ち合わせをする必要があるでしょう。スケジュールの調整をいたします」

「……勉ちゃん、凄いな」

「恐れ入ります。リストアップする項目を設けますから、おっしゃってください。思いついたことを全部です。バラバラで構いませんから」

会話を交わす間にも、休むことなくキーボードを打ち続ける入江を見つめ、樋口が驚いた顔をしている。

「期間が限られていますから、とにかく速やかに行動しないと失敗しますよ」

「うん。たぶん大丈夫」

「たぶんでは困ります。ほぼ出来上がっていたものを壊して一から始めるのですから、生半可な調整では崩壊して終わりですよ」

「そうだな。うん、分かった」

「それから社長」

「何？」

「顔が近いです」

　後ろからパソコンの画面を覗き込んできた樋口の顔が、入江の肩に乗っている。

「勉ちゃん、めちゃくちゃ仕事できるんだな。こんだけ迅速に俺の言ったことを整理してアウトプットしてもらったの、初めてだ」

「社長の指示が雑過ぎるんです。整理できてないものを言葉だけでポンポン出されては、周りが翻弄《ほんろう》されるばかりです」

「でも勉ちゃんはやってくれただろ？」

「それが仕事ですから。社長、退いてください、近いです」

「いやー、マジでいい人を派遣してもらったわ」

「恐れ入ります。離れてください」

「仕事はできるわ、酔っ払うと可愛いわ」

「何を言っているんですか。それで、協力してくれそうな酒造というのは」

「寝顔は綺麗《きれい》だわ、夜は情熱的だわ」

「そんなことは絶対にありません」

「いや、情熱的だった」

　肩にあった髭面が、入江の顔にピッタリとくっ付いている。おまけに後ろから伸びてきた腕で抱き締められた。

「凶暴ともいうけれども。……なあ」

寄せてきた唇で、耳を擽《くすぐ》ってくる。

「……七三分け止めない？　前髪が下りてたほうが俺好み」

「離れろって言ってんだろ！」

怒声を発しながら、それでもキーボードを打つ手を止めない入江に、樋口が笑った。


「んで、メインはこのスクリーンでのプレゼンテーションになるわけ？」

纏められた企画案を広げながら、樋口が熱心に質問を繰り返している。ミーティング室には樋口と入江の他に五人の社員がいて、テーブルを囲んで会議中だ。

入江が「トラスト・ワン」に派遣されてきてから、三ヵ月が経とうとしていた。

今はとある自動車メーカーからの委託を受け、新車発表会の企画案を検討している。前々からいくつかのアイデアを社内で募り、競合させていた。その採用チームが決定し、チーフからの報告を受けているところだった。

テーブルの中央に樋口がいる。入江はその隣でノートパソコンを広げ、会議の報告書をその場で作成していた。企画チームの中には菊池の姿もある。

「んー、これだけじゃちょっと弱いな。あ、そうだ。勉ちゃん、あれあれ、あれ、なんだっけ。ほら先週川崎《かわさき》で見たあれ」

樋口の声に返事をせず、アンダーバーをクリックした。

「ほら、あれだってば」

羅列されたフォルダの中から容易にそれを呼び出し、ノートパソコンを樋口の前に置く。

樋口が「あれ」と五回言う間の十秒程度のことだった。

「そーう、これ。な、これ、使えね？」

企画チームの五人が席を立ち、一斉に入江のパソコン画面を覗き込む。

先週樋口に連れて行かれた川崎でのイベントは、車とはまるで関係のない食のフェスティバルだった。能天気に各地の特産品を使った料理を楽しみながら、樋口は目まぐるしく場内を回り、いろいろな情報を仕入れていた。

催事場のレイアウトからキャスティング、音響、映像を使ったディスプレイなど、とにかく目新しいものを見つけては、仔細《しさい》に観察し、インプットする。

そうして得た情報を自分の中で熟成させ、利用する方法を今、提案しているのだ。まるで畑の違うところから引っ張り出し、直ちに融合させてしまう樋口の手腕には、いつもながら恐れ入る。

「面白そうですね」

入江の呼び出した情報画面を確認し、チーフの吉永《よしなが》が唸《うな》った。

「な？　ここの業者に連絡取ってみたらいい。きっと面白いことになる」

機嫌のいい樋口の声に、吉永が頷いた。画面を覗き込んでいた他の社員たちも、ガタガタと動き始めた。

「早速練り直します」

「吉永さんの端末にデータを送りました。デスクでご確認をお願いします」

入江の迅速な処理に、吉永は虚を衝《つ》かれたように目を見開き、それからありがとうございますと、頭を下げた。

「それにしても、よく樋口社長の『あれ』だけで、ここまで素早く動けますね」

吉永の感嘆の声に、ふ、と鼻から息を吐いた。三ヵ月間、樋口とはほぼ一日中共に行動しているのだ。何を考えているのか、何を望んでいるのか、具体的なことを口にする前に察知し、差し出してやるのが入江の仕事だ。感心されるようなことでもない。

「本当ですよ。僕なんか社長の言っていることの半分以上分かりませんでしたから」

一緒の会議に出席していた菊池も口を挟んだ。樋口に振り回されていた可哀想《かわいそう》な新人は、入江にバトンタッチして、ようやく本来の業務のみに没頭できるようになり、ホッとした様子だ。

「そりゃあ、俺と勉ちゃんの仲だもん。ツーカー、な？」

「夫婦みたいですね」

樋口の馬鹿馬鹿しい戯言と、菊池の白々しいお追従を無視して報告書の作成に戻る。

企画会議が終わり、社員たちがミーティング室から出て行った。二人きりになった室内で、椅子に座ったままの樋口が、「んんー」と大きな伸びをする。

「社長室に戻りますか？」

「うん。でも勉ちゃんのそれ、終わってからでいいよ。今の会議の内容を纏めてんだろ？」

「もう終わりました」

「早っ！」

ノートパソコンを閉じ、机の上に散らばっている書類を纏めている横では、樋口がストレッチをするように身体を揺らしていた。

「お茶をお持ちしましょうか」

「うん。頼む」

「それでは先に社長室に戻っていてください。そちらにお持ちします」

二人でミーティング室を出て、樋口が社長室に向かうのを見届けてから、入江は給湯室に向かった。

午前の会議を終え、一息入れるタイミングだ。

昨夜は自宅に送り届けた時刻は深夜を過ぎていたが、酒も飲ませず、すぐに就寝したはずだから、六時間以上は睡眠を取れている。覚醒作用の強いものよりも、リラックス効果のあるもののほうがいい。

丁寧に淹れた紅茶をポットごと運び、一足早く社長室に戻っていた樋口の前でカップに注ぐ。デスク周りは綺麗に整頓されていた。

積み上げられた資料や報告書を整理し、頻繁に取り出したい情報はスキャンしてパソコンのフォルダに収めてある。樋口があっちこっちと忙しく動き回り、そこで得た情報の、乱雑にメモ書きされていたものや、口走ったアイデアも文書化し、これもファイルに保存した。

「どうぞ。アールグレイです。少し甘くしてあります」

砂糖をほんの少し加えてあるのは、リラックス作用を増大させるためだ。昨夜は睡眠を取れたといっても、激務続きの毎日だ。一日は始まったばかりで、その上今日は夜に一つ、神経を使う仕事を抱えている。

「ありがとう。いい香りだ」

紅茶を一口含み、樋口がほう、と溜息を吐いた。魔神のように丈夫でも、それは身体が興奮しているからであって、樋口だって普通の人間だ。リラックスすると共に、思い出したように疲れを感じているはずだ。

「今日はこれからなんだっけ？」

「ランチミーティングの後、一つ会議が入っています」

午前中は会議に報告会、午後は他社との打ち合わせや本社での会合などで、社内、社外関係なく飛び回り、夜は夜で接待や、各地で開催されているイベントにも顔を出す。自社のそればかりではなく、何かの催し物の話題が上がれば、樋口はすぐにも出掛けていく。

現場に出るのがとにかく好きで、なんでもかんでもギュウギュウに詰め込もうとする樋口のスケジュールを調整するのがとにかく大変だった。樋口自身が顔を出さなくても済むような会議は相沢に頼むなど、他に回した。

「それから、相沢さんが社長に決裁を仰ぎたい項目がいくつかあるということで、お時間が欲しいと」

「ああ、なんだ。今でもいいよ」

「それでは二十分後にお呼びすることにいたします」

そして今のようにポッカリと何もしない時間を作る。気持ちの切り替えと同時に身体と神経を休め、次への活力を生むためだ。

初日にここにやってきて、いきなり振り回され、地金を出しまくって辞めてやると息巻いたものだが、入江は結局、派遣会社には断りの連絡を入れなかった。

依田硝子の一件に、自分から手を出してしまったという理由はあるが、当時の樋口に対する自分の印象が、あれで一転したことが大きい。

樋口はお飾りだけの無能な御曹司ではなかった。

今まで入江がアシストしてきた大企業の重役や、事業主たちとも違う。そういった人たちに比べれば、樋口は不完全で危うく、それでいて膨大なエネルギーを内包しているのだ。

脳内にある思考をまき散らし、行動力だけで走り回り、周りを巻き込み、混乱に陥れる。穴が大き過ぎて、それを埋める作業は大変な労力を使い、こちらも疲労困憊だった。

それでも、初めから出来上がった人間に仕える安定した心地好さとは違う、高揚するような充足感を入江は味わっていた。

この職場にやってきて三ヵ月。樋口侑真という無秩序で豪快な男の下で働くのは、なかなかに楽しいと感じている。

「なあ、さっき夫婦みたいって言われたよな。やっぱり外から見てもそう思うんだ。お似合い、お似合い」

……こういう馬鹿なことを言い出さなければの話だが。

「実際さあ、勉ちゃんて、本当に甲斐甲斐しいよな。お茶淹れるのも上手いし、こう、さり気ない気遣いというか」

「恐れ入ります」

「愛を感じるというか」

「今日のスケジュールの続きですが」

くだらない冗談を黙殺し、今日のスケジュールの確認作業に戻ることにする。

「午後の会議の後は時間を空けてあります。夜は『依田硝子工芸展』のレセプションパーティがありますから」

　樋口がゴリ押しで入れたガラス展示会と日本酒の試飲会とのコラボ企画は、あれから怒濤《どとう》の勢いで準備が進んでいた。今日はその展示会に先駆けた、レセプションパーティが開催される予定になっていた。

「スタッフはすでに準備に入っています。吉永さんたち企画チームも午後には会場に向かう予定ですが、社長には一旦ご自宅にお戻りいただいて、パーティが始まる少し前までに会場へ着くように調整してあります」

「じゃあ、俺もそのまま会場に入るよ。時間空けてあるんだろう？」

　言うと思ったと、入江は眼鏡のブリッジに指を当てた。

「会場の準備はスタッフに任せておけば心配いりません。社長ご自身の準備をするために、時間を取ってあるのですから」

　今日のレセプションパーティには、諸外国の大使やその職員、また各界の著名人などが多く招待されている。樋口には主催者側の代表として、ホスト役をやってもらう手はずになっているのだ。

「相沢さんにも強く言われております。以前のファッションショーの時のようになっては困りますので」

「分かってるよ。あの時は俺が出なくても特に支障はなかったから行かなかったんだって。

俺だってちゃんとやる時はやるよ」

「そうしていただきたいですね」

「するってば」

「では大人しく一度ご自宅にお戻りください。髭もちゃんと剃《そ》ってもらいますよ」

「えー、やっぱり？　でもせっかくここまで整ってきたのにな」

耳下からフェイスラインに沿って伸ばしてきた顎髭を、樋口が名残惜《なごりお》しそうに撫でて言う。

「今日は比較的フォーマルなパーティとなりますので。それに社長が接待する側です。むさ苦しいお顔でお出迎えするのは招待客に失礼です」

表情も変えずに淡々と話す入江に、樋口が「酷いな」と言って苦笑した。

ティーカップが空になったのを見計らい、二杯目を注ぐ。

「でもさ、けっこう似合ってると思わない？」

紅茶を注いでいる入江を、座ったままの樋口が下から覗いてきた。悪戯っぽい笑みを浮かべてそう聞いてくるのに、「さあ」と答えた。

「勉ちゃんは、髭は好みじゃないか？」

「好みじゃないですね」

入江の即答に、樋口が「なんだあ」と大袈裟な声を上げた。

「早く言ってよ。髭のないのが好みだって知ってたら、俺すぐに剃ったのに」

髭がなくなったところで、それが好みだとは一言も言っていない。第一、髭の有り無し以前に、それが生えることが問題なのだということを、この男はいつまで経っても理解しない。

「じゃあしょうがない。剃るか。勉ちゃんがないほうが好きだっていうなら」

「言っていません。社長は社の顔なんですから、私の好みは関係ないと思いますが。……手が尻に当たっています」

そして、懲りない男はセクハラ行為を毎日仕掛けてくるのだ。

「関係大ありだよ。俺にとっては大問題」

ポットを持っているからすぐに振り払えないのをいいことに、樋口の手はさわさわと入江の尻を撫でてくる。

「なあ、俺が髭を剃ったらさ、勉ちゃんも七三分け止めない？」

「交換条件ですることではないですから。私の髪型と今夜のパーティは関係ありません。手を退けてください。紅茶が零れます」

「んー、もうちょっと。これが一番疲れが取れるんだからさ。俺の癒《いや》しスポット」

「社長の顔の上に零れるかもしれませんが」

入江の低い声に、尻をまさぐっていた樋口の手がパッと離れた。

午後の会議を終え、予定通り、夕方の早い時間に樋口の部屋へと一旦帰ってきた。樋口の実家は世田谷《せたがや》の高級住宅地に構えてあったが、樋口自身は新宿のオフィスに近いマンションに住んでいる。気ままな独身貴族だ。

樋口と共に入江も部屋へと上がり、シャワーを浴びさせているうちに、夜の支度をする。クリーニングに出しておいたワイシャツを用意し、フォーマルスーツにブラシを掛けた。カフスとネクタイを選び、靴も磨く。

パーティは立食形式の予定だが、ホスト側の樋口には食事を取る暇はないだろうと考え、軽食の用意をした。

樋口の世話をするために、何度も訪れている部屋だ。普段は調理した形跡もない、無駄に機能的なキッチンに立ち、樋口のためにミネストローネを作った。

シャワーから上がった樋口がバスローブのままペタペタとキッチンに入ってきた。入江に言われた通り髭が綺麗に剃られていた。

精悍《せいかん》さの増した顔をしばし凝視《ぎょうし》する。

「さっぱりした。……けど、なんだかちょっと物足りない感じ」

肌を撫でながら樋口がこちらに顔を向け、入江は何故か慌てて視線を逸らしてしまった。

「やっぱりこっちのほうがいいか？　勉ちゃんは」

「よろしいのではないでしょうか。リビングでお待ちください。すぐに運びますから」

温度の低い声で答え、食事を作る作業に戻った。

出来立てのスープと、バゲットに生ハムやチーズ、香草やディップなどを載せたオープンサンドをテーブルに並べる。

「いつもながら凄いな。仕事もできる上に、こういうことも完璧なんだから。勉ちゃんて、めちゃくちゃ女子力高いよね」

大袈裟に入江を褒めながら、肩に手をやってコキコキと鳴らしている。

「恐れ入ります。召《め》し上がる前にマッサージでもいたしましょうか？」

「え、褒められたお返し？　嬉しいな」

「違います。肩が張っているようでしたので」

「ああ、うん。じゃあ俺はお返しに尻を揉《も》もうか」

「けっこうです」

「なんだよ。せっかくシャワーも浴びたのに。勉ちゃんのために」

「パーティのためです」

「まだ時間はある。ちょっとセックスしない？」

小綺麗になって少しは見直してやったのに、すぐにこれだ。

「召し上がってください。時間はそんなにありませんよ」

「イチャイチャする時間ぐらいはあると思うの。一緒に食べる？　ほら、膝においで」

風呂《ふろ》上がりのツルンとした顔で、入江の反応を楽しむように樋口が覗いてくる。

「黙って食べろ」

入江が低い声を出すと、樋口は悪戯が成功した子どものような無邪気な笑顔を作り、スープカップに手を伸ばした。

精力的に仕事をこなし、その合間にこうやって入江にちょっかいを掛け、叱りつけると喜ぶ。マゾッ気でもあるのかと疑いたくなるくらいに、嬉しそうな顔をするのが解せない。

樋口の仕掛けたちょっかいにまんまと乗ってしまうのは癪《しゃく》に障《さわ》るが、これが樋口のストレス解消にもなっているのかと思えば、まあ仕方がないとも思う。なんにしろ、樋口は毎日がとても楽しそうだ。

軽く腹を満たした後は、フォーマルに袖《そで》を通し、ネクタイを締め、用意が出来上がる。いつもは無造作に飛び散らかっている癖の強い髪を整えた、髭のなくなった顔は、別人のようになっていた。身長も高く、元々が樋口グループ社長のご子息なのだ。フォーマルにまるで負けていない美丈夫が、そこにいた。

「いつもそういう出で立ちでいたらいいと思いますよ」

向かい合って、ポケットチーフの形を整えながら、一応思った通りのことを述べたら、樋口が屈託ない笑みを浮かべた。いつもと変わらない笑顔が上品に映るのだから、パッケージというものは大切なのだなと感心する。

「なに。惚れ直した？」

口を開かなければの話だが。

「『惚れ直す』という言葉は惚れている上に更に惚れるという意味ですから、今の状況には当てはまりませんね」

「ああ言えばこう言うなあ」

嘆くような声を漏《も》らし、樋口が溜息を吐いている。

「こんだけ毎日求愛してんのにさあ。全然なびかないってどういうことよ？」

「求愛された覚えはありません」

「あれ？　マジで？　俺、真面目に言ってんだけど。ほら、勉ちゃん、こっちのほうは奥手だろう？　だから徐々に馴《な》らしていこうっていう作戦。前みたいにいきなりぶっ倒れられても困るしさ。あれはあれで面白かったっていうか、可愛かったけど」

に、と笑ってまた人の逆鱗《げきりん》に触れてくる。わざと入江を怒らせようとしているとしか思えない樋口の言動だ。

強い視線で睨み返し、反論しようとしたら、腰を掴まれグイ、と抱き寄せられた。

顔が近づき、背けるようにしながら眼鏡を上げようとした腕を掴まれた。反射的に払おうとするのを、強い力で逆に引き寄せられる。被《かぶ》さってきた樋口が唇を合わせてくる。いつも付けている、トワレの香りがした。

「そろそろさ……次の段階にいかない？　素直になろうよ、勉ちゃん」

腕と腰を押さえられたまま、唇だけが離れ、それが笑った。

「そういうお相手が必要なら、ご用意いたします」

「勉ちゃんがいいいんだって言ってんだろ」

「私ではお役に立ちませんから」

「勃《た》つよ？　ちゃんと」

密着した下半身が当たり、入江の股間《こかん》を押してくる。

「知らない仲じゃないいんだし」

ぐいぐいと押され、腕を持たれたまま高いところにある顔を睨み上げる。

「……いい加減にしないと、殴《なぐ》るぞ」

「出た。黒ツトム」

おどけた声と共に、摑まれていた手がパッと離れ、解放された。

まったく何処までが本気なのか分からない。……いや、何処にも本気なんかあっては困るのだが。

自由になった腕で、上げ損なった眼鏡にようやく手を当て押し上げる。摑まれていた手首がジンジンと痺《しび》れ、そこから樋口のトワレの香りがした。

日が完全に落ち、街がすっかり夜の装いになった頃、入江は樋口と共にレセプションパーティの会場にいた。

準備で走り回っていた社員たちも今は落ち着き、だけどその顔は少しばかり緊張していた。メンバーの中には相沢の姿もあった。接待側の応援として駆け付けたのか、奔放な社長を監視するためか。

パーティが始まる直前のソワソワとした空気の中、樋口一人が泰然自若《たいぜんじじゃく》としていた。いつもと変わらず力の抜けた様が、今日は頼もしくも見える。

「勉ちゃん、君、何ヵ国語いける？」

「英語とフランス語。スペイン語は日常会話程度なら」

「なら問題ないね」

そう言って笑う樋口自身は何ヵ国語がしゃべれるのか聞こうとしたところで、会場の外から華やかな声が聞こえてきた。

スタッフに誘導され会場に入ってきた招待客は、まずは展示されたガラス工芸の数々を見て回り、歓待の用意がなされたテーブルにやってきた。展示されていた物と同じグラスを手にし、注がれた日本酒を口に含む。

人種も年齢も性別も様々だったが、どの顔もにこやかで輝いており、今日の催しを楽しみにしてやってきたことが窺えた。

説明を受け、丹精込めて作られたガラス製品と日本酒の味わいを、談笑を交えながら吟味している。皆堂々とした態度で、経済誌など、マスメディアで目にした人物の姿も多く見られた。

そんな人たちを出迎える樋口も紳士然としている。さっきまで入江の腰を抱き、下品なセクハラをかましていた男と同一人物とは思えないほどの変わりようだった。

会場を泳ぐようにして歩き、如才なく挨拶して回っている。海外からの招待客にも流暢《りゅうちょう》な外国語を使い、遜色《そんしょく》なく対応していた。

「大吟醸は香りも楽しまないと勿体ないんですよ。ほら、底におうとつがあるでしょう。グラスを傾ける度にかくはんされて香りが立つようにできているんです」

樋口の説明に、客がほう、と感心した声を出す。

小振りのワイングラスのような形状や、ビー玉を思わせる可愛らしいガラスの猪口《ちょこ》、それから力を加えたらすぐにでも壊れてしまいそうな繊細な薄さのタンブラーなど、それぞれのグラスの特徴とそれに最適な日本酒を勧めていく。

招待客は樋口の姿を認めると、皆一様に顔を綻《ほころ》ばせ、親しげに話し掛けてくる。

樋口のバックボーンを考えれば、他のパーティなどで顔見知りになる機会も多いのだろうが、握手を交わし、笑顔で談笑している様子は、それだけではないように思えた。

何処にでも首を突っ込み、興味があれば貪欲《どんよく》になんでも吸収しようとする性質《せいしつ》の樋口だ。

ファッションショーで裏方に勇んで徹したように、またガラス工芸の職人たちと飲みに繰り出し、展示会を一からひっくり返したように、どんな世界にも彼は容易に溶け込み、自分の力で人との繋がりを広げることができるのかもしれない。

フォーマルを軽く着こなし、各国の言葉を容易《たやす》く操り、政治家や著名人たちとも堂々と挨拶を交わしている樋口を眺めながら、樋口グループの筆頭を父に持つ、樋口侑真という男の本来の姿を、改めて見せつけられている思いがした。

会は穏やかに進み、打ち解けた歓談の声や、華やかな笑い声が上がっている中、こちらに向かって真っ直ぐに進んでくる女性の姿があった。隣には相沢が伴っている。

濃紺のイブニングドレス姿で、にこやかに近づいてくる女性は、樋口の祖母、君江だった。

祖母の姿を認めた樋口が破顔する。

「お呼ばれされて来ましたよ」

張りのある声は姿と同じく凜《りん》として若々しい。恭《うやうや》しい仕草で祖母の手を取り、樋口が「ようこそ、お待ちしていました」と、爽《さわ》やかに出迎えた。満足そうに頷いている君江を、グラスの並ぶテーブルに連れて行く。

好みを聞き、試飲を勧める樋口の顔は、満点のテストを自慢する子どものように無邪気で、それだけで二人の温かい関係が見て取れた。

「楽しい催しを思いついたものね」

君江は並べられた日本酒を優雅な仕草で次々と味わっていく。樋口の酒豪振りは祖母譲りらしい。

大御所《おおごしょ》の登場に、周りの招待客たちが静かに二人を囲み始めた。挨拶を交わし、名刺を取り出す人々に、君江はおっとりと対応しながら、さり気なく捌《さば》いていく。

優雅に談笑している二人の姿を少し離れたところで眺めながら、樋口はこの祖母に似ているのだなと入江は思った。

物怖《ものお》じしないおおらかさと、人を拒まない柔らかさ。そして、人の上に立つことが約束されている者の持つ独特なオーラのようなものを、二人とも持っている。

一通りの挨拶が終わり、二人を囲んでいた人の輪がばらけ始めたところで、樋口が入江に手招きをした。「ばあちゃんが挨拶したいんだって」と気軽に言われ、側に赴く。

「俺のプライベート・アシスト。ばあちゃんからのプレゼント。凄く役に立ってくれてる」

微妙に物扱いされているが、今はそれどころではない。現役を退いたとはいえ、樋口グループ筆頭のその上にいる人だ。緊張を持って頭を下げる入江に、君江は鷹揚《おうよう》に頷いた。

「随分侑真を助けていただいているようで。お話は聞いていますよ」

「は、恐れ入ります」

「今日のパーティも彼の功績が大きいんだよ。仕事はもちろんできるし、私生活のほうも全面的に面倒見てくれるから、前よりも仕事に集中できるんだ。本当に助かっている」

樋口の素直な褒め言葉に、黙って顎を引く。プライベート・アシストとして当然のことをしているだけなのだが、あまりにも手放しで褒められると、くすぐったい心持ちにもなる。

「どうです？『トラスト・ワン』でのこの子の仕事振りは」

三十歳を過ぎていても、孫は孫なのだろう。学校の成績でも聞くような君江の口調だった。

「はい。とても精力的に活動されています。忙し過ぎるぐらいに」

入江のそんな言葉を、君江は目を細めながら聞いている。

「この不況下でも業績が落ち込むこともなく、企画部門のほうも順調です。非常に上手く回っていると思います」

「社長として彼は上手くやっているのね」

「はい」

君江の笑顔が華やかになった。目に入れても痛くないといったところか。

「楽しそうにやっている？」

「それはもう。そこまで首を突っ込まなくてもいいようなことにも、積極的に突っ込んでいます」

あらあら、とおどけたような声を出す表情は、樋口に似ていた。

「本当に楽しいの？」

君江がそう聞くと、「ああ、楽しいよ」と、樋口は満面の笑みで答えた。

「そう。ならよかった」

頷いて、グラスを手に包み、静かに口元に持っていく。一口含み、「美味しい」と呟いた君江が、慈愛の籠った目で孫を見上げた。

「留学中に無理矢理帰ってこさせたようなものだったからね。楽しいのなら、よかった」

大学在学中、舞台美術の勉強をするために樋口がイギリスに留学していたことは、入江も知っていた。卒業後も日本に帰らず、世界中を回り、バレエや舞台、ブロードウェイなどに携わりながら、世界中の建造物を見て回ったらしい。

「だーから、楽しいんだって言ってるだろ？」

いつまでも日本に帰ってこない樋口を呼び戻すきっかけとなったのは、君江が体調を崩したという知らせだった。今はこうして元気でいるものの、その時には命を危ぶまれるほどの状態だったという。

連絡を受けた樋口は急遽帰国し、そのまま日本に留《とど》まり、樋口グループの子会社を与えられることになる。もともと両親は樋口の進路には反対しており、祖母の危篤《きとく》を上手く利用されてしまったのだ。

自分のために夢を断念せざるを得なかったことを祖母は気に病み、孫はそんなことはないと、気遣っているのだった。

「長男だっているし、一族全員が傘下に入ることなんかないのよ。侑真は好きなようにさせてやりなさいって言っているのに」

留学先から無理やり連れ戻した父親は、ゆくゆくは本社に引っ張るのだと常日頃言っている。順当な道筋だと誰もが思う次男坊の行き先を、祖母だけがそれでいいのかと、案じているのだ。

「その時はまたその時だって。それに今は好きにやらせてもらってるよ。なあ、勉ちゃん」

「そうですね。好き放題やっています。その点はご安心を」

多少は抑えてほしいのだがという願望を口にしないままの入江の太鼓判に、君江は満足そうに頷いた。

「今日は楽しい催し物に呼んでくれてありがとう。たまには実家にも顔を見せなさいね」

久し振りの孫との語らいを楽しんだ君江は、来た時と同じように相沢に伴われ、パーティの途中で帰っていった。

その後ろ姿を見送りながら、樋口が小さな声で「ありがとう」と言った。

「いえ、私は何も。質問に正直に答えただけですから」

「俺、ばあちゃん子」

「見れば分かります」

「親は忙しいし、兄貴とも年が離れているからな。ばあちゃんが遊んでくれた。よく芝居や歌舞伎なんかに連れてってくれてさ。それで舞台美術の世界に興味を持ったんだ」

「未練はありますか？」

君江の病気を理由に帰国しなければ、今も樋口は外国の何処かで、今とはまるで別の道を進んでいたのかもしれない。

そして入江と出会うこともなかった。そう思うと、少し複雑な気分になる。

入江の質問に、樋口は肩を竦め、「どうだろうなあ」と一瞬遠い目をした。

「あの時のあのままだったら、迷わずそっちの世界に入っていただろうと思うよ。確かに楽しかったし、めちゃくちゃ刺激的だった」

樋口ならばどんな職業に就いたとしても、そこに自分の居場所を見つけ、生き生きと過ごせただろうと思う。自分の進みたい道がはっきりと見えていたのなら尚更だ。

「けど、今の仕事も楽しいし、別に後悔もない」

そう言って笑う表情に嘘はなく、樋口は本当に今の仕事を真剣に楽しんでいるのだろうと信じられた。

「それに、今の会社にいたから、勉ちゃんに会えた」

爽やかに笑い、今自分が思ったことと同じようなことを樋口が言ってきて、入江は何故か動揺してしまった。

眼鏡に手を宛がい、下を向く入江に「なあ、運命だよな」などと言ってくるからなんだかムカついた。こんな能天気な男に動揺させられてしまったことが不覚で許せない。

同じようなことを思ったわけだが、ニュアンスが違う。運命だとか、そんなものでは断じてないと、しつこく「なあ、そう思わね？」と言ってくる隣の美丈夫を黙殺した。

「いいコンビだよな。俺ら」

入江の無視にもまったくへこたれない樋口が、ますますいい気になってくる。

「周りも言ってるし。夫婦みたいだって。いっそ本物の夫婦になっちまうか」

「それはものの例えです。『みたいだ』というのはそうではないから『みたい』と付くんです。だいたい日本での同性婚は大変困難です」

「愛があれは乗り越えられる。君と俺とならきっと大丈夫だ」

「ふざけんな」

「法律上は難しくても、事実上なっちゃえばいいだろ？」

「なりません。事実上夫婦になりたい輩《やから》なら、周りにたくさんいるみたいなので、そちらに目を向けたらいかがでしょうか」

パーティには女性客も多く招待されており、華やかな衣装を纏った人たちが、樋口を目で追っている。

「皆さん、社長とお話がしたいみたいですよ」

大使や政治家など、主要な招待客との対応を終え、祖母との歓談も済ませた樋口に、次は誰が話し掛けるのかと、周りが牽制《けんせい》している空気が漂っていた。

女性たちからの囲むような視線に、ほら、と樋口を促すと、樋口は「んー」と気乗りのしない返事をした。

「どの方も大事な招待客なんですから、しっかり展示会のアピールをしてきてください」

「そうだなあ。仕方がないか」

観念したようにそう言って、樋口が女性たちの待つ一角に進んでいくのを見送った。たちまち数人の女性に囲まれ、場が華やかに盛り上がる。

嫌々という風情を醸し出していたくせに、輪の中心にいる樋口は、楽しそうに笑っていた。女性の頬《ほお》が酒ではない赤みに染まっている。

「なんだ。楽しそうじゃないか」

爽やかに笑っているが、その男は仕事中に人の尻を撫で回す奴だぞと忠告してやりたい。会場には大企業のご令嬢や、女性の実業家もいた。あの中には、樋口の理想に沿う女性はいないのだろうか。

あれだけのスペックの持ち主だ。多少の我儘《わがまま》は許してもらえるだろうし、むしろ女性にとってはああいう我儘は可愛いんじゃないか？　仕事が忙しいのは理解できるし、疲れたと言って甘えてこられたら、受け止めてやればいい。自分ならゆっくり癒してあげたいと思う。

樋口はよく入江に対して可愛いと言ってくる。もちろんそんなことは鵜呑《うの》みにしていないが、……可愛いっていうのはなんだろう？　暴言を吐けば嬉しそうに笑うのも解せない。入江のきつさに引く人はいても、喜ぶ人なんて初めてだ。

「あの、すみません」

とりとめのないことを考えていたら、突然声を掛けられた。

「はい。いかがいたしましたか？」

顔を上げると、白いワンピースを着た女性が一人、入江に向かって笑い掛けている。

「日本酒を飲んでみたいんですけど、あまりよく分からなくて。お勧めを教えていただけませんか？」

女性の声に快く頷き、日本酒の並ぶテーブルへと連れて行った。

「お好みのお味はありますか？　例えば甘い感じがいいとか、さらっとしたものとか」

今日の日のために、入江も日本酒の勉強をしてきた。味の好みとそれに適したグラスを選び、勧めていった。

白いワンピースの女性の他にも人が集まってきて、そちらにも対応する。

グラスを手に持ち、「可愛い」と声を上げ、日本酒を楽しんでいる招待客たちに、「是非展示会のほうへもいらしてください」と笑顔で営業した。

「随分モテてたな、勉ちゃん」

一通りの対応を済ませたところで、いつの間にか樋口が再び隣に来ていた。

「スタッフの一人として、対応をしていただけです」

「ハートマークが飛び散ってたぞ。特にあの白ワンピの子。ここを婚活会場と間違えてるんじゃないか？」

「そんなことはありません。社長だって女性に囲まれていたじゃないですか」

「焼きもち？」

悪戯っぽい目が覗いてきて「阿呆か」と返す。

「あれだけの女性に囲まれたら、理想に近い人がいたんじゃないですか？」

入江の切り返しに、樋口が「さあ」と興味もなさそうに答える。

「だって、理想の人なら今隣にいるし」

そう言って入江に笑い掛けてきた。

「ご冗談を」

「冗談じゃないんだけどな」

そして入江にグラスを渡し、もう一つ持っていた自分のグラスを近づけてきた。チン、とガラスが合わさる音がする。

「勉ちゃんがその気になるまで、いつまでも待ってるよ」

髭のない、王子然とした姿で、樋口が爽やかな声で言った。

「だからそんなイケメンボイスを使っても、通用しないと言っているだろう」

入江の淡々とした声に、樋口が苦笑する。

「本当、手強いな。勉ちゃんのために大事な髭まで剃ったのに」

「今日のパーティのためです。普段のままだったら、あんなに女性に囲まれることだってなかったでしょうに」

「それが面倒臭いんでしょ。そんなんで寄ってこられてもね」

それを聞き、樋口は普段わざとむさ苦しい恰好をしていたのかと理解した。

「外見と中身が違うって言われても、困る」

樋口は外見や肩書に惑わされない、自分を自分として見てくれる人を探しているのだろう。

「焦らなくても、そのうちどちらもいいとおっしゃる方が現れますよ」

仕事ができ、部下たちに信頼され、人としても魅力的であるのは、三ヵ月一緒にいて、入江は十分理解している。普段のむさ苦しい顔も、あれはあれで愛嬌があるとも思う。

「焦ってないよ。だって俺の良さは勉ちゃんが分かってくれていたらいいんだから」

思ってはいても、本人から言われると素直にそうですねと言えなくなってくるのが入江だ。

「勉ちゃんの良さを一番分かっているのも俺だし。な、そうだろ？」

黙ってグラスを口に持っていく入江の横顔を、樋口がにこやかに見つめている。

視線がうざい。顔が熱くなる。

「こっち見んな」

「勉ちゃん、けっこう飲んでる？」

「……は？」

不穏な声を上げて見上げると、樋口が顔を覗いてきた。

「いえ。それほど。……顔に出ていますか？」

じっと見つめられて、少々心配になりそう聞いてみると、樋口は「いや」と言うからなんだよ、と思った。

「さっきから白ツトムん中に時々黒ツトムが出てくるから」

樋口が面白そうに笑っている。

確かにこの男と話していると、際限なくくだらないことを繰り返してくるから、受け答えをしているうちに、ついきつい言葉が出てしまったかもと反省した。

「それは失礼しました。今後気を付けます」

「いいよ。気を付けなくても。白黒混ざった勉ちゃん、可愛い」

「なんだそれは」

すぐさま切り返す入江に樋口は笑い、「マーブルツトム」とまた変なあだ名を付けて、入江に向かってグラスを掲げた。

レセプションパーティが滞りなく執り行われ、後日開催された展示会では、パーティに招待された人のほとんどが足を運んでくれた。彼らの宣伝により、会場には多くの人が集まった。

メディアにも取り上げられ、三日間の予定だった展示会は急遽日を延ばすことになり、「トラスト・ワン」の社員たちを始め、ガラス工房や酒造など、携わった人たち全員で対応する騒ぎにも見舞われた。

こうして樋口の企画した「依田硝子工芸展」は大盛況のうちに幕を閉じ、嵐のようだった日々がようやく落ち着きを取り戻し、「トラスト・ワン」の社内にも、平穏な空気が戻ってきていた。

とはいっても、樋口は相変わらず新しいことを求めて飛び回り、入江もそれに付き合わされる日々が続いている。

相沢の小言も尽きることなく、毎朝入江たちの出社と共に社長室に顔を出し、なにかと説教の種を見つけては、苦言を呈していく。もっとも、ここ最近は入江の働きにより説教の種を見つけるのが難しくなっており、なんとなく寂しそうな相沢でもある。

その相沢を入江が呼び出したのは、ガラス展示会の事後処理も済んだ、十一月も終わりに近づいた頃だった。

「お呼び立てしてすみませんでした」

「いや。どうしたんですかな」

談話室に入ってきた相沢が、先に待っていた入江の向かい側に座わった。入江はテーブルの上に、打ち出した数枚のA４用紙を差し出す。

「これは？」

「来月の中旬にうちで催事予定の『ライフK』から、先日届いたものですが」

渋谷《しぶや》にある「トラスト・ワン」が持つ中規模レンタルスペースは、ミニコンサートやちょっとした頒布会によく使われている。

来月に三日間そこを予約している「ライフK」は、何の目的で使うのかを最近まで言ってこなかった。このレンタルスペースは場所も良く設備も整っていて人気があり、予約はかなり先まで埋まっている。場所だけをまず押さえようとしたこと自体はそれほど珍しくもない。

ただ、期日が来月に迫り、貸す側としても責任があることなので、使用目的を教えてくれと、再三打診していたのだがなかなか回答が得られず、数日前にやっと届いたのだ。

用途としては講演会及び、頒布会だということらしかった。「ハッピーライフ」と記されたチラシと、開催の主旨と運営側のメンバー、進行表などの説明書がＰＤＦで送られてきた。

説明を読むと、「より良い人生を歩むもの」的な、自己啓発の講演と、それに関連した商品を紹介し、販売するということらしかった。

「ああ、渋谷のスペースだね。それで、これが何か？　特に問題はないようだが」

内容としてはありきたりで、特に不審なものはない。

問題は、主催者側のメンバー表の筆頭に掲げられている人物だった。

「HPで確認をしたのですが、この『ライフK』の代表『兼松真二郎《かねまつしんじろう》』という人物は、以前私が働いていた会社で、私の直属の上司だった人でした」

職場で入江に対し様々な嫌がらせを行い、退職に追い込んだ人物が、新しい会社を起こし、入江が今勤めるここに、レンタルスペースの依頼をしてきたのだ。

「私が退職したのは五年も前になりますし、この兼松という男が、どういう経緯で会社を立ち上げたのかを知りません。彼も私の消息を知らないと思います。うちのレンタルスペースに申し込んできたのは偶然だと思われますが、この頒布会は……注意が必要だと思いまして」

当時の兼松のことはよく覚えている。腹黒く狡猾だったあの男が、五年の間に心を入れ替えたとは思えない。

「この頒布会の概要を見る限り、高齢者向けの催しのようですが、チラシをよく見ると、巧妙に勧誘を煽《あお》っている感があります。あまり質のいいものとは思えません」

あの頃、兼松は商社という業種を利用し、型落ちした商品の横流しをし、その間に入ってリベートを受け取っていた。会社に黙ってやっていた副業も似たようなもので、取引先の人間を表に置き、自分の名前が出ないようにしながら商売をさせ、詐欺《さぎ》まがいのことをやっていたのだ。

この「ライフK」というのにも、同じような胡散臭さを入江は感じていた。高齢者の心を上手く誘導し、高額な商品を売りつけるなど、あの男がいかにもやりそうなことだ。

「『ライフK』を調べてみたのですが、まだ立ち上げて間もないということで、詳細もよく分からず、HP上にある会社概要でも、この社長の兼松の前身について何も触れられていません。ただ窓口をここに置いているという感じです」

入江の説明に、相沢が難しい顔をしながら机に置かれたプリントを眺めている。

「新規事業を謳《うた》っていながら、宣伝しようという熱意がなく、それなのに妙に手慣れている。イベントの概要をギリギリまで出さなかったのも、わざとだと思います」

「詳細に調べられたら断られるのが分かっているからだということかね」

相沢の質問に、入江は頷いた。

「兼松は同じ商法を、何度も繰り返しているのではないでしょうか」

うーむ、と相沢が唸った。

「そうなると、このイベントをうちで開催させるのは、あまりよろしくないな」

「トラスト・ワン」を子会社に持つ樋口グループは、その存在自体がブランドだ。公共事業にも参画している企業としては、黒いイメージが付くことは避けたい。

「しかし、これだけではなんとも言えないな。進行表も頒布会の主旨にも、特に文句を付ける箇所がない」

「そこなんですよ。ですから、どうしたらいいかと思いまして」

申し込みの段階で、詐欺商法を行うから場所を貸してくれと言ってくる業者はいない。こちらから申し込みを断るには、時期が遅過ぎる。兼松はそこまでを見込んで、こうしたギリギリの期限で提出してきたのだと思われる。

「この会社を調べてみよう。その上で社長とも相談し、どうするか決める」

しばらく考え込んでいた相沢が、そう決断した。

「……あまり時間がありませんが」

「そうだな。急ごう。いずれにしろ、何も調べずに使用許可を取り下げるわけにもいかないし、逆も同じだ」

調べてみてクロだったら、申請は頑として受け付けない。もしもシロだったらという言葉は、すでに相沢の口からも出なかった。


「やっぱり因縁を付けてきたか」

社長室。デスクに置かれたパソコンの画面を覗き込み、樋口が言った。樋口の両隣には入江と相沢がいて、一緒に画面を眺めている。

映っているのは「トラスト・ワン」の応接室だ。室内に設置してあるＷＥＢカメラから送られてくる映像を、三人で確認しているところだった。

「なかなか貫禄あるおっさんじゃないか」

部屋に通された兼松が、ソファにどっしりと身体を預けている姿が映っていた。横には秘書代わりなのか、男性が立っている。結構な強面《こわもて》で、対応をしている「トラスト・ワン」の社員が着席を促すが、それに従わず、威圧するように見下ろしていた。

調べた結果、兼松は入江が会社を辞めた半年後に辞職していた。たぶん入江の置き土産《みやげ》が原因だろう。

そして「ライフＫ」は、やはり入江が懸念していた通りの会社だった。

高齢者をターゲットにした頒布会で、参加品だといって豪華な土産を持たせる。信用した顧客に友人を誘わせ、結局は持たせた土産の数十倍もの商品を買わせることに成功していた。

頒布会場には工作員が混じり、会場を煽っていく。人気の商品に人が殺到すれば、自分も欲しいと思うのは人間の心理だ。客の資産を調べ上げ、そのほとんどを取り上げて、最後には恐喝まがいの行為もあったようだった。

今回のイベントは、「ライフＫ」としての初回の講演頒布会ではあるが、この男はその前にも会社を作り、何度も同じことをやっている。被害者が騒ぐ前に会社を潰し、また新しく作っては同じことをする。

資本は講演会で客から巻き上げた金と、その他にも黒い資金源があるようだ。

「トラスト・ワン」としては、そのような悪徳商法を行うための会場を貸すわけにはいかず、契約を破棄したいと申し出たのだが、向こうが大人しく承諾するはずもなかった。開催日は二週間後に迫っており、今さら会場を変えられないという理由だ。

画面に映る兼松は、堂々とした態度で社員にクレームを付けていた。にこやかな顔を作っているが、目が笑っていない。五年前と変わらない、厚顔でずる賢い姿がそこにあった。

「違約金寄越せってさ。しかもべらぼうな」

画面を眺めながら、樋口が肩を竦めた。

「典型的な『ゆすり』のパターンですな」

画面の中、屈強な男を従えた兼松の姿は、確かにバックに巨大な黒い物を背負っていることを匂わせていた。退職してからの五年、もしかしたらその前から、兼松は裏の世界と繋がりを持っていたのかもしれない。

『いや、急に会場は貸せないと言ってこられて、私どもも参っているんですよ』

画面を通して、兼松の声がこちらにも聞こえてきた。分厚い唇から歯を見せて、兼松が困ったというように笑っている。

『弊社の一方的な都合で、誠に申し訳ございません。ですが、ここは一つ、ご理解をいただきたく』

対応する社員が丁寧に頭を下げ説明をするが、兼松は聞く気がないというように首を振っていた。

『弊社から再三、使用目的と内容をお教えくださいと申し上げたのですが、一向にお返事がなく』

『それは先日送ったはずだが』

『通常は予約時、遅くとも開催日の二ヵ月前までには教えていただくようお願いしてあります。ご予約の際にそれはご説明申し上げたと存じますが』

『そういうものはまあ、ある程度は融通が利くものだろう。とにかくもう案内状も出してしまっているわけだし。金もだいぶつぎ込んでしまっているんだ』

支払い済みの金額を提示し、それを払えと兼松が迫っている。テーブルに置かれた紙は、イベントに掛かった経費が書いてあるようだが、それを受け取った社員が「これは……」と絶句していた。おそらくは桁が二つほども違う数字が羅列されていたのだろう。

『講演をお願いしている先生にはすでにギャラを支払っているし、宿泊先も押さえてある。来場者は三百人の見込みで、地方からやってくる顧客もいて、そのための準備も済んでいるんだよ。その他宣伝費、機材の発注、輸送費、すべて手配済みだ。開催中止となると、かなりの損害になるんだがね。困るよ、君。どうしてくれるんだ？』

『違約金に関しては、規約にあるように一時金の返金をいたします』

『それじゃあどうにもならないから困ると言っているんだろう？　とにかくどうにかしても

らわないと』

話は堂々巡りで、兼松は困る、困ると繰り返し、自分が被害者だという形を崩さず、話が一向に進展しない。隣に立つ男は無表情で突っ立ったまま、向かいにいる社員を睨みつけるだけだ。

「ごねてこちらが根負けをするのを待っているようですな。後はのらりくらりといたぶって、嫌がらせをして楽しんでいる」

画面を眺めていた相沢が、「厭らしい奴だ」と兼松を評した。

入江が部下だった頃から、兼松はこういう男だった。仕事のできる上司という仮面を被り、その裏ではこんな風に相手をいたぶり、追い込み、弱っていくのを観察し、楽しんでいた。

「俺、ちょっと行ってこようかな。時間掛かりそうだし」

画面を見ていた樋口がいきなり立ち上がり、そんなことを言った。

「社長が出向く必要はないと思いますが」

厄介な相手ではあるが、クレーム処理としてはそれほど難しいことでもない。規約を盾に突っぱねればいいことだし、暴れたらこれ幸いと通報するだけだ。

「うん。でも面白そうだから」

クレーム対応をするのに、面白そうだからと自ら買って出る神経がよく分からない。

「勉ちゃんの元上司と話してみたいし」

言い出したら聞かない男だと、入江が半ば諦め気味に相沢のほうを見ると、相沢もまた、仕方がないといった風情で肩を竦め、溜息を吐いた。

「じゃあ、ちょっと行ってくる。あ、勉ちゃんは来なくていいよ」

入江もついて行こうとしたのだが、止められてしまった。

「勉ちゃんは恨みを買っているだろうからね。顔を見せないほうがいい」

「ですが……」

相手はあの兼松なのだ。心配する入江に、相沢までもが「社長一人で大丈夫でしょう」と、楽観的なこと言う。

じゃあ、と樋口が気軽に出掛けていき、入江は相沢と共に社長室で見送った。

やがて、応接室のWEBカメラに樋口の姿が映る。

樋口は「トラスト・ワン」の社長であることを告げ、今まで対応していた社員に代わり、兼松の前に腰を下ろした。動作は自然で、緊張している様子もない。

対する兼松も、ソファにどっかりと背を付けたまま、ふてぶてしい態度で樋口を迎えた。

『いやあ、社長自らお出でいただいて恐縮なんですが、大変困っていましてね、こちらからの主張は変わらないんですよ。人も金ももう動いている。私どもの損害は、どう補償してもらえるんでしょうか』

兼松がテーブルの上に置かれた見積書をトントン、と指で叩いた。

『実際、これだけの金額をもう支払ってしまったんだよ』

樋口が見積書を手に取り、よく見もせずにそれをスーツの内ポケットに仕舞った。

『分かりました。それでは領収書を提出してください』

兼松が黙った。

『スキャンしたものを送信していただけるよう、関係各所に連絡してもらえますか？　今ここで。その上で見積書と照らし合わせ、検討させていただきます』

樋口の態度はいつも通り飄々《ひょうひょう》としていて、ほがらかでさえある。

『あ、それから、宿泊の予約を取ったというホテルに、直ちに確認の連絡をさせていただきます。お招きした先生という方にこちらから事情を説明させていただきたいのですが、ご連絡先を教えていただけますか？　お調べしたのですが、権威であられるはずの先生のお名前が、何処にもないものですから』

『それは、私どもが嘘を吐いていると言っているのかな？　信じられないと。それは君、失礼じゃないか？』

兼松が唸るような低い声を出す。

『いえいえ、信じるために、その証拠をお見せいただきたいと申しております。それから、三百人の来場者の名簿というのも、見せてもらえますか？』

『……そこまでそちらに提出する義務はない。だいたいそんな個人情報を渡せるはずがないだろう』

『逆に、そちらはその個人情報をどのような手段で手に入れたんでしょうか』

兼松の隣に立っている男が、『……んだと？』と、樋口に向かって身体を乗り出し、兼松が手を上げてそれを制した。

『どうしても会場を貸さないと言うのか。それで、損害した分も支払わないと？　それは横暴というものじゃないか？　一度貸すと言ったものを、こんなに簡単に反故《ほご》にする会社だとは思わなかったよ。しかも講演会が目前の今になって。前代未聞だ』

呆れたというように、兼松が息を吐いた。

『世間の評判とは随分違うんだな。知人に勧められてね、樋口グループの子会社だと聞いたから、君のところを選んだんだよ。知人にも教えないといけないな。こういった口コミは広がるのが早いよ』

暗に、お前の会社の評判を落としてやるぞと、静かな脅迫が始まった。

『そうですね。それはとても残念ですが、それでも社のイメージが下がると分かっていて、施設を使用していただくわけにはいきませんから』

『……それはどういうことだ？』

兼松が低い声を出した。ソファに背を預けたまま、場の空気が変わるのが、カメラ越しにも伝わってくる。

しばらく沈黙が続き、それを破ったのは樋口だった。

『仮の申し込みをしていただいた際お渡しした規約に、「イベントの開催に於いて、社のイメージを著しく損壊するものについては使用許可を撤回するものとします」とあります。今回のイベント開催は、これに当たると思われますので、そちらにはうちの施設をお貸しいたしません』

キッパリと言って、樋口が立ち上がった。兼松はまだソファに座ったまま動かない。

『規約に則《のっと》って、申し込みの際の一時金のみ返金いたします』

不穏な空気をまき散らし、睨みつける二人に、樋口はひるむこともない。百八十五を超える大きな体躯《たいく》で兼松を見下ろし、小さなイチャモンなど意にも介さないという態度だ。

『今日はわざわざご足労いただき、ありがとうございました。私は所用があるのでこれで失礼させていただきます』

動かない兼松たちの横を樋口が通り過ぎていく。『これ以上頑張っても無駄ですよ?』とにこやかに言い放ち、画面から樋口の姿が消えた。パタン、とドアの閉まる音がする。

兼松と付き添いの男が、茫然と部屋に取り残されている。立っていた男が「どうする?」というように、兼松の顔を窺った。男のほうはすでに諦めたような顔をしている。

それはそうだろう。対応をしたのが社長で、その社長にすべてを断られたのだ。ここでどう頑張ってクレームを付けようと、話を聞く人物がいない。

兼松が立ち上がった。表情に変化はなく、激昂《げっこう》している様子もない。

ようやく諦めたかと、部屋を出て行こうとする兼松の姿を見守っていると、兼松がふと立ち止まり、振り返った。

応接室に設置してあるカメラを、兼松がじっと見つめている。

画面上で入江と目が合った。

無表情のままこちらに向けられる視線は、蛇《へび》のようにねっとりと絡みつくようだった。


兼松との交渉を一方的に終わらせた樋口が、社長室に戻ってきた。

「お疲れ様です」と、相沢と二人で労をねぎらうが、樋口は散歩でもしてきたような、のほほんとした顔をしていた。

「このまま何事もなく終わればいいのですが」

プライド高く、粘着質なあの男があっさり諦めたとは思えない。去り際の、カメラに向けた兼松の目つきが気になっていた。

「ああいう輩は恥をかかされることが何より嫌いですから。しばらくは警戒しておいたほうがよろしいでしょう。別方面から接触してくるかもしれません」

相沢も入江と同じ危惧《きぐ》を持ったらしく、注意を促すが、樋口は「んー、そうだね」と相槌を打つものの、まるで真剣みのない声を出し、その上「そんなことよりさ」と、すぐさま話題を変えてしまった。

「ちょうどほら、ガラスの展示会も無事終わって、企画のほうも落ち着いてきたなあ、なんて思ってさ、ちょっと考えてたんだけど。早くその話がしたくって」

そう言ってデスクの引き出しを開け、何かを探し始める樋口に、入江は相沢と二人で顔を見合わせてしまった。兼松のクレームに対応しながら樋口はまったく別のことを考えていて、早く彼らを追い出して、その話がしたかっただけらしい。

引き出しから冊子を取り出した樋口が、それを相沢に渡した。

「これこれ。今度これに参加してみようと思ってるんだけど」

相沢が手にした冊子は、来年度に行われる大手電機システム会社が主催する国際展覧会の概要で、協賛会社を募っており、その手引きが載っていた。

「参加というと……？　我が社は電機システムとは繋がりがありませんが。展覧会もうちの施設でやるわけではないですし」

「うん。出展企業の企画コンペティションってのがあって、そっちにエントリーしようと思ってる」

「なんと……」

樋口の説明に相沢が絶句した。

所有している施設のイベントではなく、樋口は外部で行われるそれに、手を出そうと言っているのだ。

「ほら、うちの企画も上手く回っていることだし、そろそろ他所から受注することも考えたいと思ってて、ちょうどいいからさ」

「ちょうどいいって……しかし……」

相沢が渡された冊子を凝視しながら、また樋口の暴走が始まったと低く唸る。

ガラス工芸と日本酒のコラボ展示会も無事終わり、やっと通常運転に戻ってきたと思っていたら、すぐにも別方向から新しい企画を持ち掛けてくるのだ。

「ですが社長、うちは今、自社所有の施設を回すのに手一杯で、この上外部からの受注を始めるとなると、とても手が回りません。しかもいきなり国際展覧会といわれましても」

「や、いきなり勝てるとは俺も思っていないよ。腕試しって感じでさ。で、勝てたらまあ、儲《もう》けものぐらいな気持ちでさ」

「そんな博打《ばくち》のようなことを……」

「やってみるだけだって」

樋口がこの「トラスト・ワン」を引き継いでから五年経ち、施設の管理運営からイベントの企画にまで手を広げた。その時もかなり強引な手腕で事を進め、今の状態が成り立っている。当時も事業を拡大しようとする社長に、相沢は難色を示しながらも、やるからにはと、全力で協力してきただろうことは容易に想像がつく。

今樋口は、また同じようなパターンで、自社の企画運営から他社の開発事業へと手を広げようとしているのだ。このような無謀な発案も、樋口ならやってのけるという妙な力強さがあるから、相沢も困惑しているのだろう。

「相沢さんにはこれまで通り管理部門のほうをしっかりやってもらって、ほら、今は勉ちゃんもいることだし、いけると思うんだ」

な、と屈託ない調子で入江に笑顔を向けてくる。無邪気な顔をしながらえげつない提案をしてくるものだと、入江は無言で眼鏡のブリッジに指を置いた。

「勉ちゃんはどう思う？　このコンペティション。参加するぐらいならいいと思わないか？　社員を鼓舞してさ、ちょっとした勉強みたいなつもりで」

樋口に促され、入江は顔を上げた。相沢の縋《すが》るような視線が横顔に刺さる。

「私は運営についての発言権はありませんが、あえて忌憚《きたん》のない意見を言わせていただくと」

「うん。いいよ。なんでも思ったこと言って」

「はっきり申し上げて、反対です」

断言する入江を、樋口は笑顔のまま見つめている。

「人員、時間、下準備、すべてが足りません。コンペティションに挑むにも、その下地もありません。社内でのアイデアの競合と、他社とのそれはノウハウがまるで違います。それから、時間的余裕が社長ご自身にまずないのですから、現実的ではありません」

一日のうちの三分の二以上の時間を仕事に費やしているのだ。これ以上手を広げるというのは不可能だと、入江ははっきり言った。

「そこは大丈夫だと思うよ？　勉ちゃんのお蔭《かげ》で今は余裕があるくらいだから」

「いえ、それは余裕ではありません。これ以上は仕事を詰められないギリギリのラインを辛《かろ》うじて作っている状態ですので。管理・運営部門と企画部門の総括の上に、外部の企画までを受注する余裕は何処にもありません」

「でもそこはさ、いつもみたいに相沢さんに任せて」

「それでも最終的な決裁権が社長にある限り、限界があります」

コンペティションに参加するとして、企画が持ち上がれば樋口が筆頭に立つことは必至だ。

経営者が力を注ぐべきところはそこではないのだと、入江は力説した。

「たとえ多少の余裕があったとしても、私はこの提案に反対します。今やるべきことではないと、はっきり申し上げます」

「プロジェクトチームを設けてみるってだけでもいいんじゃないかな。試してみたいんだよなあ。何事も経験だと思うし」

入江の意見にも、樋口は飄々と食い下がってくる。

「止めておきましょう」

「……どうしても？」

阿《おもね》るように入江の顔を覗いてくる樋口を見下ろし、「駄目です」とはっきりと断った。

「だいたい、やってみるだけとか、腕試しとか、全然そんな風に思っていないですからね、あなたは」

樋口には勝算があるのだと入江は踏んでいた。試しにコンペティションに参加してみたいと気軽に提案しながら、この男の頭の中には、すでに参加権を得てプロジェクトを発動させるところまで、ビジョンが出来上がっているのだ。

「国際展覧会への参加、しかも来年度だなんて話になりません。企画が通ったらこの前の依田硝子の展示会どころの騒ぎじゃなくなってしまいますよ」

「参加できるなんて、まだ決まったわけじゃないんだし」

ニヤニヤしながらそんなことを言う樋口を、きつい目で睨み返す。

「いつもこのパターンでゴリ押ししているんでしょうが、私には通用しませんから。相沢さんも、ここでしっかりとストップを掛けておかないと、この人、暴走する準備はすでにできているみたいですよ」

チラリと隣に目を向けると、二人のやり取りを呆気に取られて眺めていた相沢が、パチパチと瞬きをした。

「そうですか。ここまではっきりと入江くんが無理だと言うのなら……無理なんでしょうな」

手にした小冊子に再び目を落とし、相沢が何故か残念そうな声を出す。先頭に立って反対する立場の相沢が、何故そんな声を出すのかが解せない。

「はい。無理です。そういうわけですので、社長、この件は諦めてください」

入江の説得に、樋口は子どものように唇を尖らせる。

「絶対面白いことになると思ったんだけどな」

諦めきれない樋口の表情に、多少の胸の痛みを覚えるのは、プライベート・アシストとして、ボスが望む通りのことを後押ししてやれないという気持ちが湧いたからなのかもしれない。ボスが望めば、どんなことでも叶えるために尽力するのが、入江の仕事だ。

だけどここで感情に引きずられてはいけないと、自分を奮い立たせる。

樋口に才覚があるのは入江も認める。人を惹《ひ》きつけ、巻き込む能力は絶大で、プロジェクトが開始されたら、それこそ爆発的な勢いで前に進んでいくことだろう。

そんな樋口を支え、寄り添い、一緒に打ち込んでいけたら、どんなにか遣り甲斐があることだろうと思う。

だが、どう考えても準備が足りな過ぎる。それはなんの装備も持たないままダンジョンに分け入っていくのを、黙って見送ることと同じなのだ。

樋口に勝算があるにしても、まるで畑違いの電機システムの、しかも国際展覧会は規模が大き過ぎる。施設の管理をし、自社のイベントを請け負いながら事を進めるのには、樋口の負担があまりにも大きい。

そしてこの男はそれが分かっていて、すべての重責を背負ったまま、更に走ろうとするのだ。

「私の意見としては、断固として反対します」

どうせ新しいことを始めるのなら、きちんと人材を集め、根回しをし、十分な下準備を重ねた上で、完璧な仕事をさせてやりたい。

これもまた、プライベート・アシストとしての、ボスへ対する愛情なのだがと、目の前で未だに落胆している樋口を眺めながら、入江はもう一度眼鏡のブリッジに手をやった。


「まだ臍《へそ》を曲げているんですか」

ハンドルを握りながら、入江《いりえ》はミラー越しに声を掛けた。

「トラスト・ワン」と取引のある業者と会うために、銀座《ぎんざ》に赴いていた。夕食を兼ねた会合は二時間ほどで終わり、これから樋口《ひぐち》を新宿《しんじゅく》のマンションまで送っていくところだった。

車を出す際には、毎回一度は助手席に乗り込もうとして入江に一喝されるというやり取りがあるのだが、今日はそれもなく、樋口は大人《おとな》しく後部座席に乗ってきた。今は物思いにふけるように窓から外を眺めている。

今日は兼松《かねまつ》のクレームに対応し、その後樋口が突然国際展覧会のコンペティションに参加したいなどと言い出し、いつもにも増してゴタゴタがあった一日だった。それ以外にも通常業務はギッシリと詰まっており、あれからゆっくり話す暇もなかった。

「面白い提案だとは思いますが、やはり時期が悪過ぎると思いますよ」

あの時、言いたいことは全部伝えたはずの入江だったが、物静かな樋口の様子に、つい言葉を重ねてしまう。

「そうでなくても、今抱えている事案自体、私はもう少し手放してもらいたいと思っているくらいなんです。自ら飛び出さずに、少しは落ち着いたらどうですか」

デスクに着いたまま部下の報告を聞き、判断を下すだけの仕事は嫌な性分なのだろうことは十分承知している。だけど、樋口は「トラスト・ワン」を総括する立場なのだ。

「だいたいあなたは忙し過ぎる。手を広げるより前に、考えることがあるでしょう」

樋口が何も言い返してこないので、こちらの言葉が増える。説得しているのか、言い訳をしているのか、自分でもよく分からない状態で、つらつらとさっきと同じ意見を繰り返していると、樋口が急に身を乗り出してきた。

「なあ、勉《つとむ》ちゃん。ちょっと寄ってもらいたいところがあるんだけど」

「今からですか？　もう十時になりますが」

ミラーに映る樋口の表情には、いつもと変わらず屈託ない笑みが浮かんでいて、入江の言葉に機嫌を損ねたようにも見えない。

「うん。ここから近いから。ちょっとだけ、な」

「飲み足りないということですか？　何処《どこ》かでイベントでも？」

「いや、そういうんじゃない。急に思いついて行きたくなった場所がある。すぐだし」

外部の企画をやりたいという提案を潰されて、意気消沈しているのかと気を遣ってみれば、そんなことは忘れたようにこうして我儘《わがまま》を言ってくる。

「……そうやって思い付きで行動するのを少し控えたらどうでしょうか。忙し過ぎるからセーブしてほしいと、今、私は言いましたよね」

「いいから、いいから。本当すぐそこだから」

言い出したら聞かない男の我儘に付き合うことにし、入江はハンドルを切った。指定された場所は、本当に銀座からごく近い場所にある超高層ビルだった。

夜空に突き刺さるようにして建っている五十二階建てのビルは、駅と直結しており、ホテル、住居、店舗、オフィスなどの複合施設として、つい二年前に完成したものだ。

「ここな、俺んところが事業協力者」

車から降りた樋口が、ビルの天辺を見上げてそう言った。

六十年ほど前に環状道路建設が計画されていたこの辺一帯を、道路を地下に造ることに変更し、複合施設が出来上がった。都の公共事業に民間の樋口グループが計画の段階から参画した、初めての事業だったという。

「新宿も今、物凄《ものすご》い勢いで都市開発が進んでるだろ？　毎日さ、凄いなあって、窓から眺めてるんだよな」

「そうですね」

「こういうの造りたいんだよ、俺、自分で」

高くそびえたったビルを見上げ、樋口が高らかに言った。

「街を丸ごと全部、一から開発すんのって、面白そうじゃね？」

楽しそうな口調はいつもと変わらず、依田硝子《いだガラス》の展示会を一から請け負うと言い出した時となんら変わらない。今日、いきなり国際展覧会のコンペティションに参加すると言った時も同じだ。

「できるんじゃないですか？」

「トラスト・ワン」の親会社は今目の前にあるビルを建設した樋口グループだ。樋口はその社長の息子《むすこ》で、いずれ本社に入ることは周知の事実で、才気溢《あふ》れる次男坊が都市開発に携わるなど、ごく現実的な未来だと思う。

「今の『トラスト・ワン』は、社長にとっては本社に入る前の修業のようなものでしょう」

「うん。そうなんだけどな。そうなると現場に出られないじゃないか」

本社に入り、数年を経て役員組織に入ることが約束されている樋口は、現場に出るどころか、プロジェクトに携わることさえできなくなるかもしれないと言った。

「俺、やっぱり自分で動くのが好きなんだわ。現場に出て直接指揮を執りたい」

それが自分の夢なのだと樋口は言った。

「せめて今の会社を任せてもらっている間に、そういうのをやってみたいと思ってたけど、それも難しそうだ。すでにあるビルの中で、展示会やらパーティやらをセッティングするのが関の山だからな。や、それも十分楽しいんだけど。やっぱり一からやってみたいじゃないか。俺の手で、俺のやりたいように、俺の才覚で」

人が心地好く楽しむための場所を提供したい。劇場でも、ギャラリーでも、住まいでも、何処でも。自分の手で創り上げたい。それをこの目で確かめ、直接感じたい。

目を輝かせて語る樋口の夢は、現場が大好きな彼らしい。

「留学してた時はそりゃ楽しくてさ、今の仕事だってもちろん面白い。けどな、本当にこれがやりたい！　なんて思った時、……いろいろ足枷《あしかせ》みたいなもんが付いてるんだよな。贅沢《ぜいたく》なこと言ってるのは分かってるんだけどさ」

樋口はきっと、自分の立場というものを、これから自分がどうなっていくのかを、人に言われるまでもなく分かっているのだろう。だから自由に動ける今、貪欲《どんよく》に行動を起こそうとしていたのかもしれない。

生まれた時から道は用意されていて、多少の自由は許してもらえた。だが、本当に好きなことをやりたいと思った時、用意された道の上にはそれがないのだと。

「……いっそ、樋口の名前を捨てて、一人でやってみるのも面白いかもって、最近思い始めているんだ」

天上を見上げていた横顔がこちらを向く。相変わらず屈託のない笑みを浮かべ、樋口が「本当、最近。勉ちゃんが俺んところに来てくれてから」と言った。

「一緒に仕事をするようになってさ、なんて言うのかな、こう、言葉にできなくて、んん〜ってなってるのを、上手《うま》く外に出してくれるっていうか、俺が頭の中に思い浮かべたものを具現化してくれるっていうか、そういうのをめっちゃ早いタイミングで勉ちゃんはしてくれるじゃないか」

今までも味わっていた充足感のようなものが、入江がいることにより加速するのだと、樋口はいつになく真剣な面持《おもも》ちで語り、入江を見つめる。

「ばあちゃんが俺に凄い贈り物をしてくれて、本当、いいものをもらったって思った」

「それは恐れ入ります」

「本当だよ。それでな、提案があるんだが」

「なんでしょうか」

身体ごと入江のほうに向き直り、樋口が一つ息を吐く。

「俺は『トラスト・ワン』を辞めようと思う。樋口グループからも出て、一から事業を立ち上げるつもりだ。それで、勉ちゃん……」

真摯《しんし》な眼差《まなざ》しが入江を捉えた。

「プライベート・アシストを辞めて、俺の片腕になってくれないか」

入江がいれば、夢が夢でなくなるという。

「勉ちゃんがこの仕事を天職だって言ってたの、覚えてるよ。俺もそう思う。本当、勉ちゃんが来てからめちゃくちゃ助かってるし、仕事の効率も確かに上がった」

樋口が真《ま》っ直《す》ぐに視線を注いでくる。

「その上でお願いしたい。俺専属のアシスト、……俺のパートナーになってほしい」

樋口の言葉は、プライベート・アシストとしてこれ以上ないくらいの賛辞だと思った。

「……光栄なお言葉をありがとうございます」

恭《うやうや》しく頭を下げる入江に、樋口は答えを待つように入江を見つめ続ける。

「大変魅力的なご勧誘をいただき、痛み入ります」

「勉ちゃん……」

「ですが、お断りいたします」

入江のきっぱりした声に、こちらを見つめたまま、樋口が固まった。

樋口の言葉は嬉《うれ》しく、プライベート・アシスト冥利《みょうり》に尽きると思った。一から事業を立ち上げるという樋口の決心は、一見無謀な挑戦にも思えるが、この男ならやり遂げるだろうという確信めいたものもある。そんな彼をアシストし、一緒に事業を起こす手伝いをするのは、

今までやってきたどれよりも遣《や》り甲斐《がい》があり、彼と一緒にいれば充実した毎日を送れるだろうとも思う。

……だが。

「社長の提案に関して、私が思ったことを正直に言わせていただいてもよろしいですか？」

「ああ、うん。もちろん」

それでは、と眼鏡《めがね》のブリッジに手を当て、それから樋口の顔を見つめ返した。

「まず、社長が『トラスト・ワン』に社長として在籍する限り、今言ったような事業を起こすのは、事務所の規模、人材、環境に鑑みて、難しいことには同意です。社長が社長である限り、総括する立場のあなたが企画部門だけに力を注ぐことは、今後の運営に悪影響を及ぼします」

滑らかに動く入江の口元を眺めている樋口に、もう一度強い視線を送った。

「だからといって、『トラスト・ワン』を辞め、樋口グループから抜けるという案も、あまりにも短慮で、賛成できません」

現場に出るのが大好きな樋口だ。初めて連れて行かれたファッションショーの現場で、生き生きと動き回っていた姿を見ている。その後のガラス展示会でも同じだ。樋口の名を捨て、独立し、自分が望むやり方で仕事がしたいという気持ちは分かる。

分かるがしかし、その極端な暴走思考はなんなのだ。

「うん。でもな、樋口の名前がある限り、俺は自由にできな……」

「聞け」

入江の話の最中に、割って入ろうとする声を一喝する。

「忌憚《きたん》のない意見をすると言っただろう。だったら黙って聞け、俺の話を」

樋口が言うところの「黒ツトム」にいきなり切り替わった入江に、樋口が面食らったように息を呑《の》み、続きをどうぞと促した。

「新規事業を立ち上げても、樋口のバックボーンを失ったあんたに、すぐに仕事が回ってくると思うか？　仮に独立したとして、コツコツ実績を積んでいけば、いずれは大きな事業に参入するチャンスがくるかもしれない。だけどそれまでに一体何十年掛かるんだ？　自分が今どれだけ恵まれた立場にいるかっていうことを、もっと真剣に考えたほうがいい。初めからアドバンテージがあるのに、それを捨てるなんて、どんだけ阿呆《あほう》なんだよ」

「阿呆って、……酷《ひど》いな、勉ちゃん」

「阿呆だから阿呆と言っている。どうせあんたのことだから、俺にこうやって話す前に、すでに頭ん中で青写真が出来上がっているんだろ？」

入江の声に、樋口が口元を綻《ほころ》ばせる。脳内にあるものを練り上げて、勝算がついてから口にするのはこの男のいつもの作戦だ。

「だけど、あんたの計画は失敗すると思うぞ」

「まだ何も聞いてもいないのに？」

「分かる。何故《なぜ》ならあんたの親父《おやじ》さんの邪魔が入るからだ。俺があんたの親父さんの立場なら、どんな手を使っても、息子を手放さない」

奔放な次男坊を比較的自由にさせているのは、祖母の援護もあるのだろうが、樋口の父親が息子の特性をちゃんと見極めているからだと入江は思う。この次男坊が樋口グループの将来を担うに足るほどの優秀な人材であることを、入江は知っている。

数ヵ月間一緒に仕事をしただけの入江が見抜いたものを、父親でもある樋口グループの筆頭が、分からないわけがない。

「『トラスト・ワン』も辞めて、まして樋口の名前を捨てるなんて言われて、了承するわけがないだろう。振り切って勝手に会社を立ち上げたりしたら、恐らくはコンペティションにエントリーすることさえできなくなると思うぞ。俺ならそうする。絶対阻止する。じわじわと四方から追い詰めて、叩《たた》きのめしてから連れ戻す」

「勉ちゃん、怖いな」

「怖いのは俺じゃない。あんたの後ろにあるものが強大過ぎるんだよ」

自由が欲しいから、好きなことをやりたいからといって、手放すにはあまりにも勿体《もったい》ない。強大な力があるのだから、捨てる前にまずそれを利用することを考えろと言いたい。

「あんたがやりたいことっていうのは分かった。今持ってるものを失わない方向で考えればいいんだろう」

思案する入江の顔を、樋口が見つめる。損失を極力抑え、邪魔が入ることを避けながら、この男の願望を最短で叶《かな》えるためには。

「まずは『トラスト・ワン』の社長を辞任しよう」

キョトンとしている樋口に、言葉を重ねる。

「ただし、社長は辞任するが、『トラスト・ワン』は辞めない。もちろん樋口グループから出ることもしない」

入江の提案に、樋口が僅《わず》かに首を傾《かし》げた。

「『トラスト・ワン』に在籍したまま、新規事業を立ち上げましょう」

「トラスト・ワン」は管理運営部門と、企画部門とで分かれている。そのうちの企画部門を新規事業として独立させ、樋口がそこの社長となればいい。

「それなら今いる人材を活用しながら外からも引っ張ってこられる。あんたの得意な各分野のコラボレーションもずっとやりやすくなるだろう。そのためにも、樋口の名前があったほうが断然有利だ」

完全な独立起業は自由度が大きいが、その分リスクも高い。今まで樋口が培ってきた繋《つな》がりを絶ち切ることなく、更に外部との取引を広げられる。もちろん、いきなり都市開発レベルの事業に携わることは不可能だが、それは独立しても同じなのだ。最短距離を行くには、この方法が一番確実と思えた。

「これが最善の策だと思う」

樋口は瞬きもないまま、入江の顔を見つめていた。

間違いはないか。この男にとって最善の道を、自分は示唆できているのか。彼の望むことがこれで叶えられるのか。自分はこの男に、どんなことをしてやれるだろう。

「私は企業内起業を、あなたに提案します」

呆気《あっけ》に取られ、無言で入江の言葉を聞いていたその顔が、じわじわと笑顔に変わっていく。

「勉ちゃん、……やっぱり凄いな」

そう言っていきなり抱きついてこられた。

「……おい、止めろ」

夜とはいえ、人通りのある複合ビルの正面で男二人が抱き合う姿はよろしくない。腕を摑《つか》んで引き剝《は》がそうとするが、馬鹿力が剝がれない。

「勉ちゃん。愛してる」

「ふざけんな！　離れろって」

入江の怒号など物ともせず、樋口がますます強い力でしがみついてきた。

新しい年が明け、プライベート・アシストとして入江が樋口侑真《ゆうま》のもとにやってきてから、半年が過ぎようとしていた。

樋口は今年度をもって「トラスト・ワン」の社長を辞任する旨《むね》を表明した。同時に新会社「イン・トラスト」を企業内に設立するとして、今はその準備に明け暮れている。

入江自身は樋口個人のアシストとして派遣されているから、彼が転職しようと役職が変更されようと、何も変わりない。引継ぎのためのマニュアルを作り、新事業へ向けての人材確保、社内外への根回し、それと並行して、樋口の身の回りの世話をするのに忙しくしていた。

「トラスト・ワン」の新しい代表は、相沢《あいざわ》が引き継ぐことになった。元々彼は、樋口が来る前からこの「トラスト・ワン」を任されており、樋口が新たに手を広げた企画部門が切り離され、以前に戻るということになる。

樋口が「トラスト・ワン」の社長を辞し、新しく社内で起業すると宣言した時の相沢は、最初こそ複雑な表情をしていたが、結局は父親の樋口匡司《まさし》を説得する役回りを買って出てくれた。樋口の提案が比較的スムーズに通ったのは、彼の功績が大きい。

相沢は樋口の父、匡司の腹心の一人であり、だから日本に呼び戻した息子を「トラスト・ワン」に入れたのだ。相沢は匡司の命により、樋口の教育係兼、お目付け役を任されていたわけだ。

コンコン、と社長室のドアがノックされ、菊池《きくち》が顔を出した。

「社長、ミーティングの準備が整いました。十分後で大丈夫でしょうか?」

パソコンを覗《のぞ》いていた樋口が顔を上げ、「ああ」と頷《うなず》いた。菊池も企画部門からそのまま「イン・トラスト」に移る予定となっている。今は各部署の調整など細々した雑務をこなし、樋口に付く入江の、更にサポート役として活躍している。

「それでは会議室でお待ちしています」

菊池が去っていき、樋口もパソコンを閉じ、会議に出席する準備を始める。

新企業「イン・トラスト」としての初会議は、東京郊外で行われる映画祭についての企画会議だ。

以前映画のロケ地となったことがきっかけで、町興《まちおこ》しの一環として始まったこの映画祭は、歴史が古く、毎年その時期には観光客が多く訪れる。外部からの提携企業を複数募集しているそれにエントリーすることが決まっていた。コンペティションを勝ち抜き参加権を得れば、「イン・トラスト」としての初の事業となる。

「じゃあ、ちょっと行ってくるかな」

部屋を出て行こうとする樋口に、入江も見送るために立ち上がった。企画会議といっても、まずは顔合わせのようなもので、入江が出る必要はない。その間に片付けなければならない作業が山積みだった。

「勉ちゃん、疲れてる?」

振り返った樋口が入江の顔をじっと見ている。

「最近特にハードだもんな」

引継ぎに、立ち上げ準備にその他雑務と、やることはいくらでも湧いてくる。だがそれは樋口にも同じことが言えるのであって、入江以上に忙しい思いをしているのは歴然なのだが、強靭《きょうじん》な体力の持ち主は、とにかく毎日が充実していて、疲れを感じる暇などないらしい。

「いえ。これくらいは平常運転なので、なんともないです」

「そう？」

探るような視線を向けられ、気丈に頷く。

「いつものように暴言吐かないし」

「いつも暴言を吐いているわけではありません。ただちょっと、個人的なことで、昨夜寝不足をしてしまいましたので」

「なに？　寝不足になるような個人的なことって。ちょっと聞き捨てならないんだけど」

「社長、会議に遅れます」

「答えを聞かないと、気になって会議どころじゃなくなるだろ」

出て行き掛けた足を戻し、至近距離に立った樋口が入江の目を覗いてくる。

「もしかして……」

腰《こし》に手を回され、グイと引き寄せられた。

「浮気？」

「どうしてそうなるんだよ」

「だって個人的な寝不足ってそれしかないじゃないか」

「んなわけあるか。あんたじゃあるまいし。ほら、会議に行ってこいよ」

早く行けと急《せ》かすが、腰に回った手が離れない。押し問答をしている時間はないのに、訳を話さないと納得しないと、樋口がガッチリ入江をホールドする。

「……酔っ払いが部屋を間違えて騒いだんだよ」

第一回目の会議に遅刻させるわけにはいかないので、仕方なく昨夜のことを話す。

「夜中にインターフォン押されて、鍵が開かないって騒がれて、それでちょっと騒動になったんだよ」

部屋違いだとドア越しに言ったのだが、酔っ払いは納得せず、ドアを叩いたり蹴《け》ったりした。警察に通報すると言ったらブツブツ言いながら何処かへ帰っていったが、すでに誰かが通報していたらしく、しばらくしてから警察がやってきて、対応する羽目になったのだ。

知り合いでもなんでもないと答え、被害はドアを蹴られたぐらいだったので、警察はそのまま帰っていったのだが、朝起きたらエントランスにある郵便受けが壊されていた。警察を呼んだのが入江だと勘違いし、腹いせにそんなことをしたらしい。

「そんなこんなで、昨夜はあまり寝ていなかったから」

短い睡眠時間の中で疲労を取る方法は知っているし、実践している。だが途中で叩き起こされ、警察の対応までさせられれば、流石《さすが》に疲れる。

「それは大変だったな」

謂《いわ》れのない災難に巻き込まれた入江に同情しながら、樋口が「浮気じゃなくてよかった」などとほざくから、また喧嘩《けんか》になる。

「だいたい、浮気っていうのはなんだよ。付き合ってるわけでもないのに」

「照れんなよ。可愛《かわい》いなあ。なあ、そんな物騒な部屋引き払って俺の家に住めば？」

「嫌だ。ほら、離れろ」

「そうだ。そうしよう。そのほうが時間の節約になるし。どうせずっと一緒にいるんだからさ。なんなら新居探そうか。どの辺にする？」

「勝手に話を進めるな。やることが山積みなのにこの上引っ越しなんかできるか」

「夫婦はやっぱり一緒に住まないといけないと思うんだ。今の通い婚の状態もまあ楽しいっちゃ楽しいけど」

「あんた本当に人の話を聞かないな。誰が夫婦だ」

言い合いをしている間も、樋口の腕は入江の腰を抱いたままだ。

「だって他人じゃないだろ？」

「だから俺には覚えがないんだって」

「大丈夫。俺が覚えてるから。……じゃあ、今夜にでも思い出す？」

「うるさい！　離れろって、馬鹿！」

「おーおー、元気になった」

樋口が再び入江を激昂《げっこう》させる。何かというと、すぐに初日のホテルでの出来事を出してきて、こんな風にからかってくるのだ。

「そろそろ本当に行かないと、社員を待たせてしまいますよ」

腰に巻き付いている手をギリギリと絞り上げながら諭す。手首に指が食い込んだのに顔を顰《しか》め、それなのに何故か嬉しそうに笑うから、やっぱりマゾッ気があるのかと思う。

「残念。今日の黒ツトムタイムは短かった」

一向にへこたれない男は、手首を絞り上げられながら笑顔でそう言い、離れる直前に入江の唇《くちびる》を掠《かす》めとっていくのだった。


二月は逃げるという諺《ことわざ》通り、目まぐるしく時が過ぎていく。

新年度を迎えると同時に「イン・トラスト」が正式に始動する手はずになっており、そのための準備が正念場を迎えていた。

映画祭のコンペティションのための説明会が明日に迫っていた。提携を申し出たい企業が集まり、映画祭の主旨、コンペの方法、今後のスケジュールなどを聞き、エントリーをするのだ。

「イン・トラスト」では、企画の内容はだいぶ煮詰まっており、後はプレゼンの準備作業に移行しつつあった。

社員たちと一緒になって走り回る樋口は相変わらず精力的で、それをアシストする入江の忙しさも変わらない。

今日は新しい取引先として目星を付けた企業への挨拶を兼ねての会合に出向いていた。六《ろっ》本木《ぽんぎ》で行われたその会合に入江も同席し、今はその帰りだ。

二人で駐車場に行くと、相変わらず樋口が助手席に乗ってくる。

「だから後ろに乗ってくださいと何度言えば分かるんです」

「だってせっかくのドライブだし。語り合いたいだろ？」

「後部座席からでも声は聞こえますから」

「それじゃあ顔が見えないじゃないか」

「見なくてけっこうです。速やかに後ろに移ってください」

「相変わらずつれないなあ。いいじゃん、二人の仲なんだし、誰も見てないし、仕事も終わったんだし。あ、俺が運転しようか。デートしよ」

「しません。社長に運転させて助手席に乗る部下が何処にいるんですか。いい加減にしてください」

「大丈夫だよ。俺、勉ちゃんのことを部下だとか思ってないから」

「部下ですが」

「彼氏だろ?」

「黙れ」

お約束のような押し問答の間に樋口はシートベルトを締め、しっかりと助手席に収まっている。笑顔を向けてくる隣の男を一瞥《いちべつ》し、入江は今日も諦めて車を発進させた。

「明日は午後から映画祭の説明会に出向きます」

「うん。いよいよだな」

夜の道を慎重に運転しながら、明日のスケジュールの確認をした。

「午前は重要な会議は入っていませんから、説明会に間に合う時間の出勤で構いません」

「あ、そうなの?」

一つ小さな会議が入っているが、樋口が顔を出すほどのものではない。後から報告を聞くだけで充分だった。

「ここ最近多忙を極めているので、年度末に入る前に時間の余裕を作るように調整しています。あくまで身体《からだ》を休めるための空き時間ですから、他の用事は入れないでください」

隙間《すきま》が空けばすぐにでも何かを詰め込もうとする樋口に、釘《くぎ》を刺した。

「明日、映画祭のエントリーを済ませれば、本格的に忙しくなってきますからね。英気を養うためにも。よろしくお願いします」

「分かった。そうだな。たまには朝ゆっくりするのもいいか」

素直に返事をする樋口の横顔にチラリ視線を送り、表情を窺《うかが》う。疲れは浮かんでいないか、胸の内になんらかの屈託を抱えこんではいないか。少しでも変化が見受けられれば、その原因を探り、迅速に対処するのが入江の仕事だ。

樋口は前方を向き、フロントガラスの向こうを眺めている　助手席に身体を預け、街の明かりを受けて目を細める様子が、入江とのドライブを単純に楽しんでいるようにも見えた。

特に疲れた様子も見えず、ホッとする。入江に言われて髭《ひげ》を剃《そ》った肌《はだ》は若々しく張りがあり、鼻梁《びりょう》の高い横顔は精悍《せいかん》で、端整だ。

仕事を終えて真っ直ぐ家に帰らなければならないのは、いささか気の毒にも思う。仕事にも遊びにも精力的な男だ。だが今は大事な時期で、これからもっと忙しくなることを考えれば、少しでも身体を休める時間を作ってやりたいと思うのだ。

部屋に着いたら、ホットワインと軽いつまみを作り、寛《くつろ》いでもらおうかなどと考えながら、入江はハンドルを握り、樋口の自宅へと車を走らせた。

「なあ。家に着いたら、勉ちゃん、部屋に上がっていくだろ？」

入江が提案する前に樋口に誘われ、その真意を探る。夜食が食べたいと言われれば作るし、マッサージをしろと言われれば、それにも従う。だがこの男の場合、そこにセクハラが絡んでくるから油断ならない。

「ご要望がありますか?」

「いや、そういうんじゃなくて。明日ゆっくりでいいならさ、俺んとこに泊まって、勉ちゃんも一緒に出勤したらいいんじゃないかと思って」

「いえ、私は明日も定時に出勤しますので」

「じゃあ尚更泊まっていけよ。毎日遅いし、俺を送ってそこから自分ん家《ち》帰ったら、日付が変わるだろ?」

多忙の樋口を入江が気遣うように、樋口も入江の身体を気遣っているのだと、その言葉を聞いて理解した。

「ほら、俺に付き合ってあちこち回ってるんだからさ。俺より勉ちゃんのほうがキツイんじゃないかって」

黙ってハンドルを握っている入江に視線を向けながら、樋口が説得を繰り返す。

激務の樋口に付き合うのだから、体力的にきついのは確かだ。だが、入江は樋口をサポートするだけで、実際動くのも、頭を働かせるのも樋口本人なのだから、その疲労度は自分よりも数倍高いはずだ。

それなのに強靭な男は、自分よりも入江のことを心配し、そんな言葉を掛けてくるのだ。

「……お気遣いいただき、ありがとうございます。ですが、大丈夫です」

「そう頑《かたく》なになんないでさ。勉ちゃんが怖いっていうなら、手ぇ出さないよ。な、それならいいだろ？　そんで、一緒のベッドで抱き合って寝るぐらいはいいと思うんだ」

……うっかり感激したらこの言い種《ぐさ》だ。

「本当、本当。こないだみたいに寝てる隙に襲ったりしないから。でもさ、怖い怖い、って先送りにしてたら、いつまで経っても進展しないじゃん。いや、気長に待つつもりではいるんだけどさ。ちょこっとずつ慣れていけばいいんだし」

樋口の戯言《ざれごと》を聞き流しているうちに、新宿のマンションに着いた。地下にある駐車場に入っていき、車を停める。

素早く運転席から降り、助手席のドアを開けた。

「お疲れ様でした。それでは私はこのままお暇《いとま》させていただきます」

「あれ？　上がっていかない？」

「プライベート・アシストとしての用事がないのでしたら伺《うかが》いません」

「用事はあるよ。朝まで俺と一緒のベッドで寝……」

「早く帰って一人で寝ろ」

低い声で唸《うな》る入江に樋口が溜息《ためいき》を吐き、「ガード固いなあ」とぼやいた。

駐車場から住宅階に繋がるエレベーターまで行き、入江は一緒に乗らずにドアの前で見送った。「どうしても？」とまた聞かれたが、「お疲れ様でした」と言って頭を下げた。樋口もそれ以上はしつこく誘ってこず、エレベーターのドアが閉まった。

上昇を示す文字盤を眺めながら、溜息が漏《も》れる。

どうしてああやって空気をぶち壊すのか。あの軽口さえなければ、一緒に樋口の部屋に戻り、あれやこれやと世話をしてやったのにと思う。

「俺がいつ、怖いなんて言ったんだよ」

まったく。これさえなければ尊敬できる上司なのに。というか、これ一つで台無しだ。ふざけるのもいい加減にしろと言いたい。何を言っても暖簾《のれん》に腕押しで、怒号も暴言もなんの効力も為《な》さない。拳《こぶし》で対応しないと分からないのか。

入江の身体を心配しているような素振りを見せ、ちょっと喜んだらこの様だ。

樋口の軽口も、入江が言い返すのもいつものことなので、こんな諍《いさか》いは日常茶飯事なのに、今日はどうにも気が収まらなかった。毎日の鬱憤《うっぷん》が積み重なってそろそろ溢れてきたのか、イライラが募る。

「なにが『ガードが固い』だ。あんな誘われ方で、俺が部屋に上がるわけがないだろうが」

誘うならもうちょっと心が動くような言い方をしろと言いたい。

……違う。誠実な態度で誘われたかったとか、そういう話ではないのだ。ふざけているのが不快なのだった。

だいたい自分はゲイではない。毎日毎日繰り返しセクハラを受けて、感覚がおかしくなっているのだ。注意しなければならない。ああやって人をおちょくって誘っておいて、あっさりと引き下がるところに真剣さを感じない。いや、だから、真剣に口説《くど》けとか、もう一押ししろよなんてことは、絶対に思わないのだが。

駐車場から外に繋がる通路を憤然と歩いていく。

建物から出て、外の明るさに顔を上げると、月が出ていた。運転している時は気付かなかった。それとも雲が切れて今顔を出したのか。

月が綺麗《きれい》ですねとは、「アイラブユー」の意訳だと聞いたことがある。そんなセリフをあれが吐いたら噴き出してしまうだろう。

「パートナーになってくれって言った時は、ちゃんと真面目《まじめ》だったのにな……」

樋口の仕事に対する情熱は誰よりも理解しているつもりだ。あの日、会社を辞めるから、自分の片腕になってくれと懇願してきた言葉は真っ直ぐで、胸に響いた。

だからこそ入江も本気で反対し、どうすればいいかと懸命に考え、ああいう答えを出したのだ。才能と情熱だけで行動する、危なっかしい男の背中を全力で支えたいと思った。

それなのに、こういう時だけ軽々しくなるのが面白くない。

マンションの前の遊歩道を、月を眺めながら歩く。

樋口は部屋に戻った頃か。明日はゆっくりでいいと言ったから、ウイスキーぐらいは飲むのかもしれない。豪快な勢いで酒を呷《あお》る樋口だが、人との付き合いでしかそういうことをしないのも知っている。

人間観察力に長《た》けていると自負していたのが、あの男にはことごとく覆《くつがえ》されてきた。いろいろな顔を持ち、捉えどころがなく、おおらかで魅力的で、腹立たしい男だと思う。

いつにも増してイライラしながら、どうしてこんなに腹が立つのか分からないまま、丁度いい温度のワインを飲ませてやりたかったな、なんて思いつつ、青白く、凍えたような月を見上げた。


樋口のマンションから新宿駅まで歩いた。そこから電車を乗り継ぎ、入江の自宅へ帰る。

終電よりもだいぶ早い時間に帰ることができたから、諸々の雑事をこなし、風呂《ふろ》に入っても、一時にはベッドに入ることができるだろう。

マンションのエントランスを抜け、メールボックスの並ぶ場所に行った。自分専用のメールボックスのダイヤルを回して数字を合わせ、扉を開ける。

「……今日も何も来ていないか」

空の箱を確かめ扉を閉じ、今度は適当にダイヤルを回してロックした。

ここ一週間、入江宛の郵便物が、ダイレクトメールの一通さえ届いていなかった。

ダイヤルを回す前にロックが掛かっていたのは確認した。だから、ここから郵便物を抜くためには、ダイヤルの番号を知っていなければいけない。

メールボックスに名前はなく、部屋番号だけが振ってある。

夜中に酔っ払いに突然部屋のドアを叩かれ、このボックスを破壊されたのが二週間前だ。管理会社に連絡してすぐに付け替えてもらった。あれ以来酔っ払いも来ないし、警察からも何も連絡はない。

……なんだか嫌な感じがする。

あの日の部屋の前での諍いの様子を思い出す。鍵が開かないと大声で喚《わめ》きながら、別の苗字《みょうじ》を言っていた。だから入江は間違いだと、自分の名前を言ったはずだ。

「酔っ払いの腹いせじゃなかったのか……？」

だいたい、本当に間違えて入江の部屋のドアを叩いたのだろうか。他に目的があったとしたら、どんなことが想定できるだろう。何故入江を狙うのか。

しばらくメールボックスの前で思案した入江は、部屋に戻らずもう一度外へ出た。マンションの前に立ち、辺りを見回す。繁華街から少し外れた住宅街はシンとして、人の歩く姿もない。

ふと、少し行った道路の脇に、車が一台停まっているのが目に留まった。エンジンが切ってある中は真っ暗で、外灯の光が届かない場所にわざと停まっているような様子に不審を抱いた。人の姿は見えないが、不気味な気配がする。

じっと窺っていると、いきなり車のエンジンが掛かり、ライトが点《つ》いた。とっさに身構えるが、車はエンジンを掛けたまま、その場から動かない。

ライトに照らされ、入江は腕で光を遮るようにしながら目を凝《こ》らした。車内は相変わらず真っ暗で、何も見えなかった。

ヘッドライトとの睨《にら》み合いがしばらく続き、入江は意を決して車に近づいた。入江が気付くのを待ちあそこにいたのなら、部屋に逃げても意味はない。

車の側まで行くと、スモークの貼られた窓がスルスルと降りていった。

「……やあ、入江勉くん。久し振りだね」

低く、重厚な声が聞こえ、こちらを見上げる瞳が細められた。

「どれくらい振りかな。懐かしいよ。こんな形で再会することになるとは思わなかった」

かつての上司、兼松真二郎《しんじろう》が後部座席に悠然と座っていた。

「先日、君の勤め先に世話になってね。君も何処かにいたんだろう？　なんだ。顔を出してくれたらよかったのに。水臭いじゃないか」

厚めの唇からは白い歯が零《こぼ》れ見え、声だけを聞けば、久し振りの再会を心から喜んでいるように聞こえる。だが、入江を見つめる目は、ゾッとするほど冷たかった。

「君のところとの契約を一方的に反故《ほご》にされちゃってね。いやいや、本当にあれから大変だ

ったんだよ。樋口グループのトップの息子さんから見れば、私の会社なんか吹けば飛ぶぐらいにしか考えていないんだろうけど。あれはねえ、ちょっと酷い扱いかと思ってね」

樋口に体《てい》よく追い出され、カメラを睨んでいた兼松の蛇《へび》のような目を思い出す。

「まあそれで、こちらのほうでもあのまま黙って引き下がるわけにもいかなくてね。それで、いろいろと手を回して調べさせてもらった。ほら、礼がしたいと思うじゃないか」

プライドの高い男は、自分よりも年下の男に軽い扱いを受けたことに、だいぶ自尊心を傷つけられたようだ。

「……そうしたら、入江くん、君があそこで働いていることが分かった。驚いたよ」

人の弱みを握り、優位に交渉に持ち込むのは兼松の常套《じょうとう》手段だ。あの日、プライドを傷つけられた兼松は、樋口の身辺を執拗《しつよう》に探り、入江の存在に行き着いたようだった。

「優秀な君のことだから、何処の優良企業に転職したのかと思っていたら、随分と面白い仕事に就いたものだな。給料も破格らしいじゃないか。凄いね、その若さで高給取りだ。……ああ、もっとも、若いほうが、需要が多いのかな？」

狡猾《こうかつ》な男はその執念深さで、入江の仕事のことも詳細に調べ上げたらしい。

「顧客の要望ならなんでも聞くそうじゃないか。いやはや羨《うらや》ましい。仕事もプライベートも、どんなことでもっていうのは、具体的にどんな要望があったりするのかな。とても興味があるんだが」

自分に恥をかかせた男と、かつて自分を陥れ、退職にまで追い込み、そのまま姿を消した男の情報が同時に入ったのだ。それを利用し、復讐《ふくしゅう》を目論《もくろ》んだというところか。この男らしい厭《いや》らしさだ。

「君の社長に断られた頒布会の損失はとても痛くてね。だけどそのお蔭《かげ》でこんなにいい繋がりができたと思えば、悪くない話だ。いいところで君を見つけたよ」

「……おっしゃっていることが理解できません」

「優秀な君が理解できないことはないだろう。それとも何か不都合なことでもあるのかな」

意地の悪い笑みを浮かべ、兼松お得意の静かな脅しが始まる。

「しかし、一緒に仕事をしていた時には気付かなかったよ。……君がねえ。あの時も付き合っていた男性なんかいたのかい？　私の知っている人だったら是非教えてほしいな」

「私の仕事は派遣先のサポートを全面的にすることですが、あなたのおっしゃられるニュアンスとはまるで違います」

「今はあの社長に可愛がられているんだろう？」

「ですから、おっしゃられる意味が分かりません」

「愛人ではないと？」

「違います」

努めて冷静に声を出す入江を、兼松は笑顔で受け止める。下卑た表情にムカムカして、つい声を荒らげたくなるが、グッと我慢した。激昂したら相手の思う壺《つぼ》だ。

「何を調べて、何を根拠にそういった下世話なことをおっしゃるのか分かりかねますが、あなたが推測するような関係にはありません」

演技をするのは得意だ。第一兼松が勘ぐるような関係は、樋口と入江の間にない。……と、断言できない事実がある。自分に覚えがなくても、二人は初日に身体の関係を結んでしまったらしく、ホテルに二人で泊まったことは確かだった。

強気で反駁《はんばく》する入江を、兼松は余裕の表情で見上げている。その目つきに怖気《おぞけ》が走り、つ、と心臓に汗をかくような感覚を覚えた。

人の弱みを握ることに長けている兼松が、今目の前で対峙《たいじ》している入江の態度に、確信めいたものを見つけたら、こいつはそれを見逃さない。

「あの御曹司《おんぞうし》、長く外国で暮らしていたそうじゃないか。そういうところで遊びを覚えたのかね。奔放で羨ましいよ。苦労を知らない若造はいいねえ。好きなことをやって、飽きれば親元に帰ってのうのうとしていられるんだから」

自分のことは何を言われても構わないが、樋口の名を出されると、今度は腹の奥がカッと熱くなるような憤りを感じた。

「遊び半分で仕事をやって、飽きたら今度は新会社か。独り立ちもせずに、親の会社に負ぶさったまま。流石のお坊《ぼっ》ちゃんだ。おまけに側に愛人を置いて、仲良くお仕事ごっこか？」

お前に何が分かるのだ。彼の何を見て、そんなことが言えるのか。

強い目で睨み返す入江に、兼松の口角が上がった。いたぶるのが楽しくて仕方がないというように、入江の目を覗いてくる。

「恋愛は自由だと思うよ。私はね。だが、私はともかく世間がどう思うか。財界は頭の固い連中が多いからね。裏側はどうか知らないが、体面を大切にする。……マスコミなんか飛びつくような話だと思わないか？」

大企業の御曹司のスキャンダルとそのダメージについて、歌うように話している。

「応援したい気持ちもあるんだよ。これから新しい事業に参入するようだし、手伝えることがあれば、私も協力したいと思ってね。差し当たりの目標は、映画祭のコンペだって？　上手くいくといいな」

何もかもを知っているんだぞと、暗に仄《ほの》めかす。何が目的なのか、どんな企みがあるのか、兼松の真意を探ろうと用心深く観察するが、流石に腹の内を明かさない。

「今日は君に会えてよかった。ご挨拶をしたいと思ってね、ずっと待っていたんだよ。君が割合早くに私に気が付いてくれてよかった」

人の弱みを握り、じわじわと追い詰め、躓《つまず》くような罠《わな》を仕掛け、遠くから楽しむのがこの男のやり方だ。金に汚く、利用できる人間はとことん利用する。そのターゲットに入江と樋口が選ばれた。

「いいお得様ができた。できれば長い付き合いをお願いしたいものだな」

巨大企業の御曹司との取引の足掛かりを見つけ、かつて自分を陥れた部下への復讐の二つを同時にできると、兼松が喜んでいる。

「本当に、これからが楽しみだよ」

喉《のど》の奥を震わせて、兼松が笑った。


翌日、入江は樋口と他の社員たちと共に、映画祭の説明会会場に赴いていた。

社員を伴い会議室に入っていく樋口を見送った入江は、ロビーで彼らが帰ってくるのを待つことになる。

エントリーを済ませれば、コンペに向けていよいよ本格始動だ。毎年行われる映画祭は、エントリーする前から各企業がプレゼンに向けての準備を始めている。イベント企画会社、デザイン事務所、食品事業と、提携企業は様々だ。

「イン・トラスト」でも企画はすでに決定しており、後はライバルを蹴落とすための魅力的なプレゼンを練り上げる作業に入ろうという段階だった。プレゼンの準備期間は約一ヵ月間、三月の終わりには参加企業が決定する。それを勝ち取れば、「イン・トラスト」立ち上げと同時に、すべてが動き出すのだ。

樋口たちを待つ間、入江は持ち込んだノートパソコンで仕事をしていた。

昨夜の兼松との件は、まだ樋口に伝えていない。昨日遅くに出社してくれと入江が言った通りに、樋口は午前の遅い時間にやってきた。そのまま他の社員たちと今日の説明会に出向く準備に入ってしまったため、話す機会がなかったのだ。

最悪のタイミングで入江の存在を摑まれてしまった。

兼松のターゲットは樋口だが、彼が最もダメージを与えたいと思うのはきっと自分だ。郵便物を抜き取ったり、わざわざ入江の前に姿を現したりしたのは、動揺を誘っていたぶりたかったのだろう。それほど入江に対する私怨《しえん》は深いのだ。

パソコンの画面を見つめながら、今後の対策を思案していると、ガヤガヤと人の声が聞こえてきた。説明会が終わったらしい。

パソコンを仕舞い、樋口たちを待っていると、こちらに向かってくるスーツの団体の中に、知っている顔を見つけた。大学時代の同級生、久島《ひさじま》だった。

彼もこの説明会に参加していたのかと、隣の同僚らしき男と話しながら歩いてくる久島を見ていた。

七年振りに見る同級生は、面影は変わらず、だけど流石に大人びて見えた。スーツを着こなし、真剣な顔をして隣の男と会話をしている。

歩いてきた久島が、入江の視線に気が付いた。目が合った久島は一瞬首を傾げ、キョトンとした表情がすぐさま笑顔に変わっていく。向こうも入江を覚えていたようだ。大股《おおまた》で近づいてくるかつての同級生を笑顔で待った。

「久し振り。入江、だったよな」

頷く入江に、久島の笑顔が全開になった。「なんだよ、懐かしいな」と、入江の肩を叩いてくる。人懐こい笑顔は学生の時のまま、気さくな態度も変わらない。

「なに？　お前も映画祭のエントリーに来たのか？　何処で仕事してんの？」

名刺を出しながら興味津々《しんしん》で聞いてくる子どものような表情と、傍若無人《ぼうじゃくぶじん》な話し振りに、そうだ、樋口の図々《ずうずう》しい態度に、この男のことを思い出したのだったと、入江は思わず笑ってしまった。

久島は空間プロデュース会社に就職していて、やはり映画祭のコンペティションにエントリーしに来たのだと言う。

「へえ。新しい会社か。入江がライバルとなると、厳しそうだな」

「俺は秘書みたいなものだから、プロジェクトチームに入っているわけじゃない」

「そうなの？」

「派遣で今の社長の仕事を手伝っているんだ」

入江の説明に、久島が不思議そうな顔をした。入江が派遣業をしているということが、意外だったようだ。

かつての同級生との再会を喜びあっているところに、樋口たちも戻ってきた。「お疲れ様です」と頭を下げ、それから久島を紹介する。

ハキハキと挨拶する久島に、樋口も笑顔で応えた。大学の同級生だという入江の紹介に、興味が湧いたらしい。「入江くんて、学生の時どんな感じだったの？」と、こちらも目を輝かせて久島に話を振っている。

「そりゃあもう、えらい優秀で。学校でも目立っていましたよ」

「そんなことはない」

「本当だって。単位なんか早々に取っちゃうし、いろんな資格取りまくってただろ。凄いなあ、って思って見てた」

同級生とはいっても、あまり接点のなかった二人だったが、久島が入江について、そんな風に語るのが不思議で、彼もまた自分に注目していたことを知り、嬉しいと思った。

「お前、有名だったんだぞ」

悪戯《いたずら》っぽい笑みを浮かべ、久島が耳打ちしてくる。

「『氷の女王』って言われてたの、お前知ってる？」

「なんだそれは。知らないぞ」

久島が、に、と笑った。

「スッとした美人なのに、口を開くと凄かっただろ？　先輩にも、教授にも意見があるとズバズバ言ってたじゃないか。相手が凍ったように動かなくなるから『氷の女王』」

そんな異名が自分につけられていたとは知らなかったと愕然《がくぜん》としている入江に、久島が慰めるように肩を抱いてきた。

「気にするなよ。それ見ててスカッとした連中もいたんだからさ。俺を筆頭に」

ひそひそ声でそんなことを言い、久島が笑った。

「今は少しは丸くなったのか？」

「当たり前だ。社会人だぞ」

「そうか。それはよかった。密かに心配していたんだ」

「余計なお世話だ。俺だってＴＰＯぐらい弁《わきま》えている」

「見た目とのギャップにびっくりされていないか？　ほら、お前美人だからさ」

「美人って言うな、阿呆か」

「あははは。全然変わってないじゃないか」

高らかに笑い、バンバン肩を叩かれ、入江も笑ってしまった。学生時代の同級生との会話に、ついあの頃に戻ってしまったらしい。

「ま、あれだ。一応コンペまではライバルってことで、これからもよろしく。また今度、ゆっくり会おう」

映画祭のコンペティションに向けお互いを健闘し合って、久島と別れた。

「なかなか面白い男だな、勉ちゃんの同級生」

同僚のところへ戻って行く久島を眺め、樋口が言った。

「随分親しそうだ」

「あの頃はそんなに親しくもなかったです。思わぬ場所で再会したので、少しばかり浮かれてしまいました」

樋口の前ではしゃいでしまったことを恥ずかしく思い、そう言って謝ると、樋口が「ふうん」と、肩を竦《すく》めた。

「向こうさんはめちゃくちゃ嬉しそうだったけど。勉ちゃんに会えたのが」

「いえ、彼は誰とでもあんな感じでしたよ」

「まだこっち見てるよ」

そう言われてもう一度目を向けると、久島が笑顔で手を振っていた。

「なんだか面白くないな」

入江も小さく手を振り返していると、樋口が不穏な声を上げた。

「何がでしょう」

「そりゃ面白くないだろう。目の前でイチャつかれたら」

「イチャついていませんが」

どんな言いがかりなのだと樋口を見上げると、不意に腰に手を回され、引き寄せられたから驚いた。

「ちょ……、何するんですか」

こんな場所で公然とセクハラをかますつもりかと、慌てて逃げようとしたら、ますます強い力で引き寄せられた。

「……手を離してください」

「平気だろ？　あいつだって肩抱いてきたじゃないか。なんで俺は拒否るの？」

「あれは違うでしょう」

人前で声を荒らげて罵《ののし》るわけにもいかなくて、低い声を出しながら振りほどこうとするが、樋口も意地になったように手を離さないから、だんだん焦ってくる。

昨日兼松に言われたことが頭を過《よぎ》る。

人の弱みを握るために、どんな手でも使おうとする男だ。何処にどんな網を張っているのか分からない。行動により注意をしようと思っていた矢先に、人前でこんなことを仕掛けてこられ、必死に止めろと説得するが、樋口が聞かない。

「なんでそんなに焦ってんの？」

「当たり前でしょうが。こんなところで」

「俺は別に構わないよ。誰に見られても」

そう言って、仰《の》け反《ぞ》る入江の耳元に唇を寄せてきた。

「ふざけないでください。……っ、本当に止めろって……！」

押し殺した声で精一杯抵抗する入江を見つめ、樋口が不敵な笑みを浮かべた。

「あいつが見てるから焦ってんの？」

「この……っ」

幼稚な嫉妬心でこんな馬鹿な行為を仕掛けてくる樋口に本気で腹が立った。

「……いい加減にしろよ」

指が折れても構わないぐらいの力で強く握り、無理やり引き剝がす。入江の本気の力に、樋口の顔が歪《ゆが》んでいった。

「いっ……、ツ」

ようやく身体が離れ、痛みで顔を顰めている樋口を強い視線で睨み上げた。

「人前でこういうことを二度とするな。今度同じことをしたら、……俺はあんたのプライベート・アシストを辞める」

樋口は入江を見ない。顔を顰めたまま、自分の腕を擦《さす》っていた。


待ち合わせて入った店は、こぢんまりとしたバルだった。

薄暗い店内には十人ほど座れるカウンターと、二人掛け、四人掛け、ソファ席のテーブルがあった。テーブルの上にはキャンドルが灯《とも》っている。

入り口から入江が店内を見回していると、奥に座っていた久島が手を上げた。

ソファ席になっているそこに歩いて行き、並んで座る。

「悪いな。男同士で並ぶ羽目になって」

「構わない」

「でも、ちょっと込み入った話なんかする時には便利なんだよ。取りあえずワインでも頼もうか。ここ、結構なんでも美味《うま》いんだよ。お前、飯は？」

三日前に再会した時と変わらず、気さくな態度で久島がメニューを勧める。

名刺を交換した時に、お互いの連絡先も伝え合った。また会おうと約束をしたが、こんなに早くにその機会が訪れるとは思っていなかった。

「駄目もとで連絡してみたんだけどさ。会えてよかったよ。秘書って忙しいんだろ？」

「ああ、普段はこんな時間に身体が空くことなんてないんだけど、今日は早く上がれたから」

「そうなのか。じゃあ俺、ラッキーだったな」

久島が笑い、入江も曖昧《あいまい》な笑顔を作った。

普段なら職場での業務が終わっても、入江の仕事は終わらない。接待の席まで送り、終わるまで待つこともあるし、視察に出掛けたいと言えば、それにも付き合う。

今日も会社が終わり、どうするのかと尋ねたら、一人で家で過ごすから入江も帰ってもらって構わないと言われ、こうして久島の誘いに応じることができたのだ。

今日は金曜で、明日と明後日《あさって》は仕事が休みだ。普段なら樋口に連れられ、何処かのイベントへ出掛けるかして、週末のどちらかは必ず、或《ある》いは二日間とも樋口と共に過ごすのだが、それも今回は何もないと言われた。

「ずっと勉ちゃんの休日を奪っていたからな。二日間とも自由にしたらいい」

「いえ、私にそういったお気遣いはいりません」

「俺もいろいろ一人で考えたいことがあるからさ」

入江に対する気遣いを見せ、笑っているが、声が素っ気なかった。

樋口の態度は、映画祭の説明会会場でのあの諍いが原因なのは明らかだった。この三日間、一緒に仕事をしていても、樋口はふざけてくることも、セクハラまがいのスキンシップを取ってくることもしなくなった。

まったく子どもっぽい臍の曲げ方をするものだと呆《あき》れるが、入江のほうから歩み寄る気持ちもなかった。樋口の軽々しい言動に腹が立ったのは確かだし、今後もあんなことを繰り返されては困る。

兼松との件は、結局まだ誰にも相談できてはいない。相沢だけにでも相談しようかと考えたが、どのように説明をすればいいのか、まだ迷っているところがあった。樋口と入江との関係について脅してきているなどという話を、簡単には口にできない。

相沢も、樋口自身も大切な時期にあるのだ。報告をするにしても慎重にタイミングを計らなければならない。相手の手の内は分からず、入江に接触してきた以外は、まだ何も起きてはいない。

久島が選んだワインと料理が運ばれてきた。軽くグラスを合わせ、久し振りの同級生との歓談を楽しもうと、入江は思考を中断させた。

「それにしても、入江が派遣で秘書やってるって聞いてさ、意外な気がした」

一杯目のワインですでに目元を薄《う》っすらと赤くした久島が、屈託ない笑顔を向けてくる。

「お前なら何処かの大企業に入って、今頃バリバリやってるんだろうと思ってたからさ」

「そうか。そうかもな。いや、卒業して最初は商社に勤めていたんだ」

今の職業に就くまでの経緯をかいつまんで説明する。目元を赤くしたままの久島は、それでも真剣な面持ちで、入江の話を聞いていた。

「……そうだったのか。大変な思いをしたんだな。しかし勿体ない。そんな邪魔が入らなかったら、お前ならどんどん上にいけただろうになぁ」

「そんなことはない。久島はそう言ってくれるが、俺にはああいう組織は向いていないと思う。いいきっかけだったと思っているし、転職してよかったと思っているよ」

どうしてもやりたい仕事だったら、兼松の嫌がらせなんかに屈せず、戦っていたと思う。

逃げるが勝ちを決め込んだのは、あの職場を去ることに、なんの未練もなかったからだ。

「あのさ、それで、お前に話があるんだが」

久島が改まった声を出した。なんだ？　と久島のほうに顔を向けると、彼は自分の鞄から封筒を取り出した。

「これ、今俺が勤めている会社の概要なんだけど」

Ａ４サイズの封筒から冊子を取り出し、キャンドルの灯るテーブルに置かれた。

「入江、お前さ、俺んところで一緒に仕事をしないか？」

え、と冊子に落としていた視線を上げる。真剣な顔をした久島が入江を見つめていた。

「学生ん時、あの頃はあんまり話したことはなかったけど、お前が飛び抜けて優秀なのは知っていた。本当は一回ぐらい一緒に研究発表とかやってみたかったなって思っていたんだ」

「そうだったのか」

うん、と久島が子どものように頷き、笑みを浮かべた。

「お前に手伝ってもらえたら楽だとか、そういうんじゃないからな、言っておくけど」

悪戯っぽい顔でそう言われ、「ああ、分かっているよ」と入江も頷いた。

「入江と組んだら面白いんじゃないかなって、そう思ったんだよ」

学生時代、あまり接点を持たなかった同級生は、あの頃入江と同じようなことを感じてくれていたのだと、七年経った今、知らされた。

「この前、あの説明会会場でお前と再会してさ、ああ、そうだった。俺、こいつと組んでみたかったんだって、思い出した」

不思議な感慨を持って、入江はかつての同級生の顔を見つめた。それをどう捉えたのか、久島がまた一つ力強く頷き、話を続ける。

「派遣やってるって聞いてさ、勿体ないなーって思ったんだ。そりゃお前は優秀だから、何処行ってもちゃんと仕事ができるんだろうけど。だったらさ、派遣じゃなくて、うちに来ればいいって思った。規模は大きくないけど、遣り甲斐という点では、うちはお勧めできると思う」

テーブルに置かれた冊子を開き、久島が会社の説明をする。業績、歴史、規模など、丁寧に入江に語りながら、熱心に勧誘してきた。

「な、だから、俺の会社に来ないか？　プロジェクト組んだりさ、一緒に働こうよ」

入江を優秀な男だと認めている久島は、しきりに入江の今の仕事を勿体ないと言う。

「秘書も大変な仕事だと思うよ。でもさ、それって管理やフォローに回る仕事だろ？　どうせやるなら自分で動かしてみたいって思わないか？　お前にはそれができるんだから」

久島の声を聞きながら、ああ、この男は本当に樋口と同じ人種なのだと思った。

彼は自分で物事を動かし、自分の力を試したく、上を目指し、自分の力で何かを創り上げたい人間なのだ。

そして入江は、そういう人のアシストに就き、彼らが存分に自分の力を発揮できる環境を作り、支えることに喜びを感じる人間だ。

顔を輝かせて未来の展望を語る声を聞くのは、こちらまで心が浮き立つようで楽しい。

——俺のパートナーになってほしい。

銀座の帰り、自分の親会社が造ったというビルの前で、樋口は言った。真剣な目と、あの時感じた高揚感を思い出す。

「久島、悪いんだが……」

かつての同級生の話を聞きながら、頭の隅には常に樋口の姿が浮かんでいる。

「話は有難《ありがた》いと思うし、俺のことをそんな風に言ってくれるのは本当に光栄なことだと思う。だが、俺は今の仕事がとても好きで、満足している。この話はお断りするよ」

穏やかな入江の声に、久島が瞬きをする。それから入江の真意を確かめるように、じっと目の奥を覗いてきた。

「もちろん、今すぐ辞めてうちに来いって言ってるわけじゃない。派遣って契約期間があるだろ？　今の契約が切れてから来てもらうので、全然構わない」

「ありがとう。だけど俺の気持ちは変わらないよ」

「そう言わずにさ、ゆっくり考えてみてくれないか。絶対に悪い話じゃない」

一度では決して諦めようとしない不屈の精神も流石だ。久島はこれからどんどん力を付け、大きな仕事を任される立場になっていくだろうと、入江は確信した。そんな彼をアシストしていくのは楽しいかもしれないとも思う。だけど今、入江が全力でアシストしようと決めているのは、目の前にいる男ではないのだ。

「俺も実は学生の頃、お前と一度組んでみたいと思っていた」

入江の言葉に、久島が目を見開く。

「それも不思議なんだけどな、ちょっと前にお前のことを思い出す出来事があったんだよ」

散々な目に遭って、具合が悪くなったあの日、自分をそんな目に遭わせた張本人に介抱された夜を思い出す。どうしてこんなことにと憤り、樋口に当たり、暴言を吐いた。

すぐにも辞めてやると息巻いていたのに、今こうして久島の誘いを断り、あの男についていこうと思っているのが不思議だ。

「だから、久島が俺と同じように考えていたって聞いて、嬉しかったよ。お互い映画祭に向けて頑張ろう。両方採用されるといいな。そうしたら、何度か顔を合わすこともあるかもしれない」

「ああ、そうだな。……なあ、気持ちが変わるってことは絶対にないのか？」

諦めきれないのか、久島が入江の腕を掴んできた。再度の説得に、静かに「変わらない」と答えた。

「俺の仕事は、久島のような、自分の力で前に行こうとする人間の背中を支えるものなんだ。お前が自分の仕事に誇りを持っているように、俺も俺の仕事に誇りを持っている。いつかお前が俺を使えるような立場になったら、今度はアシストとして俺を呼んでくれ。その時には喜んで久島の手伝いをするよ」

何年後か、何十年後か、久島が今と同じ情熱を持って仕事に邁進《まいしん》し、プライベート・アシストを雇えるまでになっていたらと思う。その時に自分はいったいどんな人物をボスに持っているのだろうか。

「楽しみにしてるぞ」

久島と、それから自分自身の未来を予想しながら、入江の頭の隅にはやはり、樋口の姿が浮かんでいた。


週が明け、通常の業務が始まる。二月も終わりに近づき、諸々の作業も大詰めだ。映画祭のコンペに向けて、プレゼンの準備が着々と進んでいた。社内は活気に溢れ、皆それぞれの役割をこなそうと、忙しく走り回っていた。

入江と樋口も表向きは変わらず、引き継ぎに新会社の準備と、日々の作業に忙殺される毎日を送っている。

「社長、紅茶が入りました」

入江の声に、樋口は「ああ、ありがとう」と礼を言ったまま、書類から目を離さない。

「次の企画会議まで、あと三十分ほどあります。少し休憩したほうがよろしいかと」

入江が言うと、「そうだな」と、樋口がようやく書類をデスクに置いた。椅子《いす》に身体をゆったりと預け、一瞬目を瞑《つぶ》る。

束《つか》の間《ま》の休息を取っている樋口の表情を観察する。多少疲れてはいるようだが、精悍さは失われていない。いい週末を過ごせたのだろうと安心し、どんな過ごし方をしたのだろうと、思いを巡らせる。

目を開けた樋口がティーカップを手に取り、口に持っていった。

いつもなら、こういう時にすかさずくだらない口説き文句を言ってくるのだが、ここずっとそれもない。二人の間は、相変わらずぎくしゃくしたままだった。

いったいいつまで臍を曲げているつもりなのか。あれ以来、入江の身体に触ってくることもなくなり、それはこちらも有難いのだが、態度があからさま過ぎないか？

セクハラをするなと叱《しか》ったのは、人前でああいうことをするなという意味で、二人きりの時にするなと言ったわけではない。どうしてそうやることが極端なのだと、澄ました顔をして紅茶を飲んでいる横顔を見ながら、だんだんムカついてきた。

「どうした？」

眉間《みけん》に皺《しわ》を寄せたまま凝視《ぎょうし》され、樋口が首を傾げた。

「いえ、なんでもありません」

「そう」

必要最低限の会話で終わり、それにも腹が立つ。いつもならしつこく聞いてきた挙句に触ってきたり、浮気かと疑ってみせて入江を激昂させて触ってきたり、機嫌を取ろうと触ってきてますます激昂させたりする癖に。

険しい顔をしたまま立っていると、ドアがノックされ、相沢が入ってきた。

無言で部屋に足を踏み入れた相沢が、樋口の傍《かたわ》らに立っている入江を見て、眉根《まゆね》を寄せる。

「相沢さん、どうした？」

用件を聞こうとする樋口に相沢は一礼し、それから再び入江を見つめた。

「社長、すみません。しばらく入江くんをお借りします」

樋口にそう言った後、「話がある」と、入江を外へ促した。

樋口の許可を得て相沢の後をついて行くと、誰もいない会議室に連れて行かれた。無言のまま座れと促される。その間も眉間の皺はずっと消えず、難しい顔も崩れない。

「何かありましたか？」

多少の予感を持ちながら、入江が尋ねると、相沢がA4サイズの封筒を机の上に置いた。何も印刷されていない茶封筒は、書類十枚ほどの厚みがあった。

「拝見します」

答えが無いのを了承と見なし、封筒を手に取った。中から出てきたのは、六切サイズの写真だった。八枚入っている写真はすべて同じ場所で撮られている。

それは先週、久島に呼び出されて入江が行った、バルの店内の様子だった。写っているのは入江と久島の姿だ。親密そうに顔を寄せ、話し込んでいる。写りは鮮明で、二人の表情までもがはっきりと分かる。

「今朝、私のデスクに届いたものだが」

「入っていたのはこの写真だけですか？」

入江の質問に、相沢の眉が再び寄る。スーツの内ポケットから一枚の紙を出し、机に置かれた。

「君が、その写真の人物が勤めている空間プロデュース会社に、我が社の情報をリークしているということが書いてあった」

相沢の声は低く、不快感が滲《にじ》んでいた。

A4サイズの用紙には、ゴシック体の文字がつらつらと並んでいた。入江と共に写真に写っている人物の情報と、彼の勤める会社が樋口たちと同じ、映画祭のコンペに参加予定だということが綴《つづ》られている。その企画の内容を、入江が流しているのだと。

「この人は君の大学時代の友人だそうだね」

写真の中で顔を寄せ合うようにしている二人は、真剣に何かを話している。テーブルの上には久島から渡された冊子が置いてあり、見ようによっては、入江が久島にそれを渡しているようにも見えた。

「ここに書いてあることは、本当なのかね」

嫌な予感が当たったと、入江はテーブルの上に広げられた写真を眺めた。

「説明をしてもらえるかな」

どう説明しようかと思案する入江を、相沢が見つめている。その顔を見て、言いたくないことを隠しての説明は通用しないと観念した。

相沢が樋口を通さずに直接入江を呼び出したということは、入江の処置の準備はすでにできているということなのだろう。上からの指示か、相沢自身に決定権があるのか、どちらにしろ、入江一人の判断ではどうにもならないところまで来てしまっているようだ。

今は大事な時期だからと、タイミングを見計らっていたのが裏目に出てしまった。樋口も最近は大人しいし、それなら自分が用心していれば、そうそう向こうも手出しはできないだろうと、高を括《くく》っていたこともある。ようは自分の考えが甘かったのだ。

「お話しします。まず、この写真のことの前に、説明しなければならないことがあるんです。それを聞いていただけますか？」

頭の中を整理しながら、今日に至るまでの出来事を語る。

「以前、うちの施設を使用したいと申し出て、断った会社があったことを覚えておられると思いますが。兼松という男です」

「ああ、覚えているよ。それとどんな関係が？」

「これを送ってきたのは、恐らく彼だと思われます」

夜中に襲来した酔っ払い、破壊されたメールボックス、それから一通のダイレクトメールも届かなくなった事実、そして挨拶に来たと言った兼松との会話。

「兼松は私どもの『プライベート・アシスト』という仕事についても、詳しく調べていたようです」

そして、兼松が最も興味を示した内容を語ろうとして、入江は言葉に詰まった。

相沢は、樋口と入江との間に肉体関係があることを知らない。それを知った時、相沢はどう動くのか。樋口にどんな処遇が下されるのかが、一番気掛かりなことだ。

「それで、あの……」

ここにきて躊躇《ちゅうちょ》している入江を、相沢は辛抱強く待っていた。

膝《ひざ》に置いた拳を握り締める。覚悟をしなければいけない。

大事な時期だとか、考えが甘かったとか、それが全部言い訳であることを、自分自身で知っていた。

兼松は樋口と入江の仲をスキャンダルだと言った。それならば、スキャンダルの元である入江がここから去ればよかったのだ。それが最短で最善の策だということを、自分で分かっていて、時間を置いてしまった結果が今の状況だった。

あと少しの間、樋口の新しい会社が立ち上がるまで、せめて映画祭のコンペの結果が出るまでと、先延ばしにしてしまった。

言えば直《ただ》ちに事が動き出す。それが分かっていて、入江は自分の気持ちを優先させたのだ。プライベート・アシストとして、失格だ。

「相沢さん、私は……」

入江の存在は、樋口及び樋口グループにとってのアキレス腱《けん》となる。潔くすべてを話し、ここから立ち去らなければならない。

そう決心し、入江が顔を上げたその時、コンコン、とドアがノックされた。

「話まだ終わらない？　俺、そろそろ会議に出るんだけど」

顔を覗かせた樋口が、机を挟んで対峙している二人を認め、中に入ってくる。

「……何？　なんか深刻な話？」

机の上に置かれた写真に目を留め、手に取った。

「これは？　なんの写真？」

「社長、ただいまこの写真の事実関係について入江くんに話を聞いている途中ですので、報告は少しお待ちください。会議のほうを先に……」

「事実関係って何？　今、俺に報告してよ」

相沢の声を遮り、樋口が入江に視線を移した。不穏なオーラを発散させ、樋口が低い声を出す。

「いえ、それも入江くんの説明を聞いてすべてを纏《まと》めてからご報告しようと」

「じゃあ、今この場で聞く。纏める必要はない」

樋口の声は、相沢が自分を通り越して直接入江を糾問したことを責めている。樋口の気迫に、相沢が観念したように溜息を吐き、「では」と、口を開いた。

「……実は今朝、私のところにこの写真と共に、入江くんが我が社の情報をリークしているという怪文書が送られてきまして」

相沢の説明に、樋口は相槌《あいづち》を打つこともなく、入江を見つめ続ける。

「一緒に写っているこの人物ですが……」

「知ってる。勉ちゃんの大学ん時の同級生だろ。これ、いつの写真？　場所は？」

樋口の詰問に、入江が口を開き掛けた時、再び会議室のドアがノックされ、今度は菊池が顔を出した。

「あの、そろそろ会議が始まりますが……」

不穏な空気を感じ取ったらしい菊池が、何かあったのかと不安げな顔をしながら、中にいる三人を見回した。

「ああ、菊池くん、ごめん、ええと、先始めちゃってくれる？　吉永《よしなが》くんに言って意見を纏めといてよ。もしかしたらこっち、時間が掛かるかもしれないから」

進められるところまで進め、それまでに自分が行かなかったら次の会議まで持ち越すと、樋口が勝手に決め、菊池を行かせてしまった。

そして、相沢にも席を外してほしいと樋口が言った。

「彼本人から俺が直接話を聞きたいから」

「それなら私も同席します。これは樋口グループにも影響が出る話ですから」

食い下がる相沢に、樋口も引かなかった。

「うん。分かってる。……でも今は、出て行ってくれ。まずは二人で話がしたい」

有無を言わさぬ樋口の声に、相沢が口を噤《つぐ》んだ。

「彼は俺のプライベート・アシストだ。彼に関しての一切の権限は、俺にある」

樋口の声は今まで聞いたどれよりも硬く、反論を許さないという威圧感に満ちていた。

一礼して、相沢が部屋を出て行った。

「どういうこと？」

ドアが閉まった途端、樋口が口を開いた。低く、静かな声には僅かな戸惑いと、確かな怒りが感じられた。

「この度は申し訳ありませんでした。この紙に書かれてあることについてですが……」

「これ、いつ？」

入江の弁明を遮り、樋口が聞いてくる。

「先週の金曜です。あの、彼とは……」

「俺が帰っていいって言った日か。……ふうん。仲良さそうだね」

「そこに写っている冊子は彼の勤め先の概要を記したもので、我が社の情報などではなく」

「めちゃくちゃ顔くっついてる。なんだこれ」

「社長、私の話を聞いてください」

「手ぇ握ってるし」

「握っていません」

「でも触ってるじゃん。なんで？　俺には触るなって怒ったよな、勉ちゃん」

責めるような目を向けられるが、今、責められるべき問題はそこではない。

「俺は駄目で、この男なら触ってもいいわけ？」

「社長、今私が説明したいのはそういうことではなく、この紙に書いてあることは、まったく事実無根だと……」

「そんなの言われなくても分かってるよ。初めから疑っていない」

「……え？」

顔を上げた入江を、樋口がきつい目をしたまま見つめ下ろした。

「当たり前だろ。勉ちゃんがこんなずさんな裏切り方をするわけがないじゃないか」

憮然《ぶぜん》とした声で、樋口がきっぱりと言う。

「前の職場で、完璧に上司を陥れて姿を消すなんて真似《まね》をする奴《やつ》が、簡単に尻尾《しっぽ》なんか出すかよ。勉ちゃんなら水面下でもっと悪辣《あくらつ》な手口使うに決まってるだろ。俺を見くびるなよ」

お前のことはよく分かっているのだと胸を張って言われるが、複雑な気分だ。

「それよりこれさ、ちょっと密着し過ぎじゃないか？　すげえ楽しそうなんだけど。なんの話してたんだろ」

そしてまた写真についてしつこく言及してくる。

「それは、ですから久島の会社で一緒に働かないかという勧誘をされまして」

「ふうん。勧誘ね。それだけ？」

疑り深い目を向けられ、「それだけです」と答えるが、樋口はまだ納得できないという顔で、更に追及してきた。

「てかさ、なんで並んでんのよ。おかしくない？」

「それは……そういう席にたまたま案内されたんです。社長、話が進みません」

「こいつと付き合うの？　これ、完全に迫ってるよね」

「付き合いませんし、迫られてもいません」

「でも絶対近過ぎだって。すでに付き合ってるとか」

「だから付き合ってないって！　その話から離れろ」

写真に写る二人の密着度に拘《こだわ》り続ける樋口に、とうとう癇癪《かんしゃく》を起こした。

「付き合うとか迫ってるとか触ってるとか！　そんなことは今問題じゃない！」

「問題大ありだろう。俺に二度と触るな、いい加減にしろって怒鳴っといて。これはないだろ？」

樋口も一歩も引かず、まだそんなことを言ってくる。

「辞めるなんて言われたら、引き下がるしかないじゃないか。少し距離を置いたほうがいいかも、俺も頭冷やそうとか、いろいろ考えて、だから一人で帰したのに、その足で他の男とデートなんかされたら、そりゃどういうことですかって聞きたくなるのは当たり前だろ？　俺には我慢させといて、こいつはいいのか？　本気で拒絶されて、ショック受けたんだぞ」

「だからあん時は、場所を弁えろって言ったんだ。あんたが誰に見られても構わないとか言うから」

「ああ、構わない。誰にどう思われようと関係ない」

躊躇《ためら》いのない樋口の宣言に、今まで抑えていた感情が破裂した。

「ふざけんなよっ！」

「俺が……どれだけ……っ」

兼松が訪ねてきて以来、一人で神経を使い、樋口と諍いを起こし、拗《す》ねられて話すこともできず、その間にこんな写真を撮られ、相沢に詰問され、今樋口のためにここを去ろうと決心しているところなのに、目の前にいる男は、入江のそんな心情など何も分からず、付き合うのかだの、触っただの、そんなことばかりを言ってくるのだ。

「構わなきゃいけないのは、あんたのほうなんだよ。何処でいつ、誰に陥れられるか分からないんだぞ。現にこんな写真送りつけてくる奴だっている。俺はいい。俺は何言われたって、何やられたって構わないけどな、あんたは違うだろうが！　関係ないなんて言うなよっ」

守るべきは樋口の立場で、それなのに自分が足を引っ張って、樋口を窮地に陥れているという事実に恐怖し、それでもどうしても自分からここを去ることに決心がつかなくて、散々悩んでいたというのに。

「自分の手で街を造りたいって、いろんなことに挑戦してみたいって、あんたがそう言うから、夢叶えさせてやりたくて、俺だって必死に応援してんだよ。新会社立ち上げて、映画祭のプレゼンもあって、今一番大事な時期で、これからだってどんどん事業を広げていく下準備してんのに、少しでも茶々入れられないようにって、俺がっ、どんだけあんたのこと考えてるか。どんだけ神経使ってると思ってんだよ！」

突出した才能を持て余し、不完全で暴走気味な男の夢に自分の夢を乗せて、真っ直ぐに進んでいけるようにと、あらゆる面でフォローしたいと思った。

「あんたは仕事のことだけ考えてればいい、他は全部俺が引き受けるって、ずっとそれだけ考えて支えてきたんだぞ。毎日、二十四時間、ずっとあんたのことしか考えてないんだぞ。……あんたでいっぱいなんだぞっ！」

疲れてはいないか、寝不足ではないか、今何を欲しているのか、考えていることは何か。いつでも表情を観察し、一挙手一投足も見逃すまいと、ずっと目を離さず、側にいられない時だって、この男のことを四六時中考えているのだ。

「あんたが臍を曲げてるのなんか分かってたよ。人の気持ちも知らないで、……それでもこれが最後になるかもしれないって、俺は精一杯アシストしてきたんだぞ！」

「最後って……、え？　勉ちゃん、それどういうこと？」

「だからそれをっ、話そうとしてるんだろ！　それが、触ったとか我慢したとか、そんなことばっかり！　ふざけんな。……何が我慢だ。どっちが我慢してるかって言ったら俺のほうがよっぽど我慢してるんだよ！　この……っ、ど阿呆が！」

「勉ちゃん……」

「くだらない焼きもちとかやいてる場合じゃないんだよ！　写真の内容なんか関係ないんだよ、この写真を撮られたってことの説明をさせてくれよっ！」

「うん、分かった。勉ちゃん、一回落ち着こう」

「俺は落ち着いているっ！」

激昂が収まらない入江を、樋口が宥《なだ》めようとしてくる。

「映画祭の説明会場であああいう風に怒ったのは、こんな風に写真撮られたり、噂《うわさ》になったり、そういうスキャンダルになるのを恐れたからだ」

「そうだったのか。うん、分かった」

「変な嫉妬心燃やしてんじゃねえよ。阿呆が」

「ごめん」

「久島とはなんでもない。何度言ったら理解するんだ」

「うん。分かった、今理解した」

「これだって、あいつの会社に来ないかって誘われて、それを断っているところだ」

写真の一枚に指を置き、その時の状況を説明する。

「どうしても駄目かって食い下がられて、そん時に腕摑んできたんだよ、分かったか」

「分かった。ごめんな、勉ちゃん、疑うようなこと言って」

人の話を聞かずにしつこく言及してきたくせに、入江が爆発したら今度は簡単に謝ってくるからますます腹が立った。

「俺がそんなことで喜ぶと思うか？　普通、これぐらいのスキンシップぐらいあんだろ、男同士だって」

「ああ、あるな。そうだな。普通だな」

煮えくり返るとはこういうことかと思うくらいに腹が熱い。

「グチグチネチネチ拘って！　そんなもん、あんた以外の人間に触られたってなんとも思わないんだよ！」

「勉ちゃん、それって」

「それがお前ときたら、ちょっと触るなって叱れば臍曲げるし。子どもか、阿呆っ！」

「勉ちゃ……」

「全面禁止だなんて俺が言ったか？」

「言ってないな、うん」

「人前ではやるなと言ったんだ！」

入江の憤激振りに、樋口はいちいち「うん、うん」と頷いて、同調する。さっきの仏頂《ぶっちょう》面《づら》は消えていて、何故か満面の笑みを浮かべているのが気に喰《く》わない。

「……なんで笑ってんの？」

「え、嬉しいから」

「俺が写真撮られて、スパイ容疑掛けられて嬉しいのか？」

「そうじゃないけど」

そう言って、ニコニコしながら写真を指している入江の手を握ってきた。

「……おい」

「今は誰も見てないからいいんだろ？」

そう言って両手で包むようにしたそれを、自分の口元へ持って行く。手の甲に唇を押しつけ、樋口が笑った。

「話はまだ終わっていないんだが」

「うん。ちゃんと聞くよ。けどその前に、ちょっと充電させてくれ」

「充電？」

「だってここ一週間、勉ちゃんに触ってなかっただろ。だから、充電」

握った手を引き寄せ、お互い座ったまま、樋口が抱き込んできた。

「……おう。じゃあ、充電終わったらちゃんと俺の説明聞けよ」

うん、と入江の首筋に顔を埋めた樋口が頷いた。

充電とか。変なことを言い出す男だとつくづく思う。

こんなことでやる気がチャージできるんだから単純だなと、入江の身体を抱き締め、擦《す》り寄ってくる樋口の胸の中で、大人しく充電させていた。

頭が異常に切れる癖に、時々とんでもなく単細胞になる。まったく面倒臭い男だと心の中で悪態を吐きながら、自分よりも大きい男の腕に抱かれる感触も、そう悪くないな、なんて、そんなことを考えた。


皇居《こうきょ》の側にあるホテルに来ていた。

ロビーを抜ける時には、樋口は何も言わずにフロントに片手を上げて通り過ぎていく。

エレベーターを降り、一室のドアをノックする。中からドアを開けたのは相沢だった。中へと促され、室内に入ると、奥の部屋に男性が一人待っていた。

「どうした？　珍しいな、お前のほうから連絡がくるなんて」

窓際に置かれた応接ソファに座っているのは、樋口の父、匡司だった。

身体は大きく、背は息子のほうが高いようだが、流石に貫禄がある。顔立ちは父子似ていて、はっきりとした目鼻立ちと、押しが強そうなのもそっくりだ。年齢と経験、巨大企業のトップに立っているという自信、それらのすべてを纏い、気圧《お》されるような迫力がある。

「久し振りだな。会うのは正月以来か？　たまには実家のほうにも顔を出しなさい」

「親父だってあんまりいないじゃないか。家よりここにいるほうが多いんだからさ」

「それで、用件はなんだ？　あまり時間がない」

親子の会話は淡々と進み、久し振りに会ったという感慨もないようだ。

「一人、潰したい人間がいる」

息子の言葉に父親が眉を上げた。

樋口に命ぜられ、入江が用意した兼松の調査書を父親に渡す。

「こいつ、徹底的に調べてもらいたい。その上で口を利いてもらいたい人がいるんだ」

写真とガセの情報を送りつけられ、入江に話を聞いた樋口の行動は早かった。すぐに相沢を通して父親との連絡を付け、その日の夕方にはこうして会いに来ている。

樋口のプライベート・アシストを辞めるのが最善の策だと言った入江に、樋口は許さないと言った。そんなことには絶対にさせないと。

「親父の力を貸してほしい」

警視庁にいる幹部の名前を出すと、父親の顔つきが変わった。

叩けば埃《ほこり》の出る人間は、徹底的に叩くと樋口が宣言した。そのためにはあらゆる手段を使うと。

「俺が言うより親父が口を利いてくれたほうが、話が早いだろ？　短期決戦で始末したい」

樋口自身も繋がりがあるらしいその人物との連絡を、敢《あ》えて父親に託すのは、兼松に対抗するのが入江でも、樋口個人でもなく、樋口グループなのだと決定づけるためだ。

「なんだ。穏やかじゃないな。どんな奴なんだ？」

「卑劣な小者だよ。大したことないけど、やることがうざいから。調子に乗る前に叩き潰す」

事もなげな言葉を吐く樋口の横顔は、冷酷なまでに冴《さ》え冴《ざ》えとしていた。

「ちっぽけなプライドを傷つけられて、周りが見えなくなっているらしい。敵に回したのが誰なのか、分からせてあげようと思ってね」

普段のいい加減で、なんでも遊びに変えてしまう自由奔放な次男坊とは違う、明らかに企業人の顔をした隣の男を見上げた。

兼松を敵と見なし、叩き潰すと宣言しながら、その上で取るに足らない小者だと言ってのける。そして自分の後ろにある強大な力を躊躇なく利用する。

様々な顔は誰しもが持つもので、入江はそれが顕著だし、兼松もそうだ。

だが、隣で不敵な笑みを浮かべている男は、入江が思っていたよりもずっと強《したた》かだったらしい。兼松同様、入江も樋口を見くびっていたのだということを、思い知らされた。

「なかなか頼もしい口をきくじゃないか」

父親が楽しそうに口端を上げ、そんな息子を眺めている。

「俺の大事なもんにちょっかい掛けて、煩わせるようなことをしたから、ちょっと許せなくて。とにかく頼むよ、親父。力を貸してくれ」

息子の嘆願に、父親が鷹揚《おうよう》に頷いた。

「分かった。すぐに手配しよう。それはそうと、新会社を立ち上げると聞いていたが、そっちは上手くいっているのか？」

「ああ、順調に進んでいるよ。なにしろ超優秀なスタッフが付いているから」

樋口の言葉に、父親が入江に視線を向けた。

「聞いているよ。君が来てから侑真の仕事振りが随分変わったそうじゃないか。相沢があんなに手を焼いていたのにな」

相沢から報告がいっているらしい父親がそう言い、入江は頭を下げた。

「恐れ入ります。私も樋口社長のアシストに就けたことを、光栄に思っております」

「どうだろう。侑真との契約が切れたら、私のところに来ないか？」

「……は……？」

突然の申し出に目を丸くする入江に、樋口の父親が「是非に」と身を乗り出してきた。

「そんな有能な人材なら、私だって使ってみたいと思ったんだよ。期限はあとどれくらい残っているんだ？　今から先約を取り付けたい」

「ちょ……っ、親父！　止めろよ」

樋口が慌てた声を出し、商談を進めようとする父親を止めに入った。

「この人はずっと俺と一緒に仕事するんだよ。契約期間が過ぎても、俺んところにいるの！」

そんな約束はしていないがと、樋口のほうを見ると、樋口が大真面目な顔をして頷いた。

「前に言っただろ？　俺の片腕になってくれって」

そう言って入江の肩を抱いてきた。

「社長、何を……、手……」

入江の声など耳に入らない樋口は、入江を抱き込んだまま父親にキッとした目を向けた。

「だから、親父の下には就かせない」

「まだそれは決定じゃあないいんだろう？　お前のその新会社だってどうなるか分からない。契約の期限がくる前に潰れているかもしれないじゃないか」

「縁起の悪いこと言うなよ。潰さないよ。親父、勉ちゃんが欲しいからって、俺の会社に手を回したりすんなよ。許さないからな」

食って掛かる樋口に、父親が豪快に笑った。

「それはまた随分ご執心だな。ますます興味が湧くじゃないか。まあ、しばらくは侑真の手伝いを頑張ってもらおうか」

「しばらくじゃないし。ずっとだし」

親子で入江を取り合うなど、とても光栄なことなのだが、その間じゅうずっと樋口は入江を抱き込んだままだ。父親の前で怒鳴りつけるわけにもいかず、入江は困惑しながら樋口の腕の中にい続けるしかなかった。


三月に入り、多忙はますます加速した。

映画祭に向けての準備は着々と進み、並行して他の企画の話も持ち上がっていた。新会社発足も秒読みとなり、社員の顔つきも引き締まってきた。樋口を筆頭に、皆精力的に動いている。

社長室で入江がパソコンを操作していると、ドアがノックされ、菊池がやってきた。

樋口は吉永と映画祭のプレゼンの最終打ち合わせをしているはずで、社長室にいるのは入江一人だ。

「入江さん、頼まれていた調査報告書、出来上がりました」

「ああ、ありがとう。助かりました」

「イン・トラスト」の事業拡大に向けて、新たに提携を願い出たい企業をリストアップし、その企業の実態調査を菊池に任せていた。映画祭の企画はすでにプレゼンチームへと業務が完全に移行し、そこから手が離れた菊池は、入江のアシストを買って出てくれた。彼もまた、新しい事業のために、積極的に動いてくれている。

調査報告書をデスクに置いた菊池が、何か言いたそうにその場に佇《たたず》む。

「どうかしましたか？」

動こうとしない菊池に、入江は声を掛けた。

「今、会議室の前を通ったら、大きい声が聞こえてきて。それで、吉永さんが飛び出すように出てきたんですよ」

「そうなんですか」

「何か、映画祭のことでアクシデントでもあったんでしょうか。あんな怖い顔をした吉永さん、初めて見たもんだから」

菊池の不安そうな声に、キーボードを叩いていた指を止め、入江も思案する。

プレゼンは目前で、社員たちがピリピリしているのも確かだ。新事業立ち上げの、それこそ初めて挑むプレゼンだ。

「変更事項なんかがあったら、僕、すぐに動きますから。なんでも言ってください」

「そうですね。ですが、今から大きな変更は時間的に無理ですから、問題が出たとすれば別の事案だと思いますよ。たぶんまた、次のコンペのエントリーのことでも無茶振りして、驚かせていたんでしょう」

入江の声に、今立ち上げているパソコンの画面に菊池が目を落とした。

「次のエントリー予定の企画ですか？　随分ありますね」

「そうです。社長がどんどん新しい売り込み先を見つけてくるから、困ってしまいます」

これから参入予定のイベントは映画祭ばかりではない。相手先を見つけては、募集が掛かっていなくても、打診の算段をつけてくるのだ。

「またいろいろなことを同時に発動させて、吉永さんを振り回しているのかもしれませんね」

入江が言うと、菊池も納得したように頷き、笑った。

「樋口社長はとにかく止まっていられない人ですもんね。止まったら死んじゃうマグロみたいな」

誰よりも精力的に動き、先頭立って走ろうとする社長を、菊池がそんな風に揶揄《やゆ》し、入江も微笑《ほほえ》んだ。

「ああ、その樋口社長からのご命令で、菊池さんにもう一つお願いしたい事案があるんですよ。忙しいのに申し訳ないのですが」

「大丈夫です。なんでも言ってください。チームの中で気軽に動けるの、僕なんで」

短期間のうちに随分頼もしくなったと、力強く頷く菊池と共に入江は社長室を出た。

仕事の段取りを説明しながら二人でフロアを横切ると、デスクに吉永が座っている姿が見えた。菊池が心配していたように、今までに見たことのないような険悪な表情で、パソコンの画面を睨んでいる。

菊池と顔を見合わせ、その脇を通り過ぎた。吉永は何かを調べているというよりは、考え事をしながら、視線だけがパソコンに向かっているようだ。

吉永と打ち合わせをしていたはずの樋口は、まだ会議室にいるのか、姿がない。

「それでは段取りとしてはこのような感じでお願いします。これはまだ決定前の事案ですので、できれば他の人の耳には入れずに、菊池さん一人で動いていただきたい」

あと少し。何事も起こらなければいいと願いながら、入江は隣を歩く菊池に、もう一度顔を向けた。


忙殺される日々が続き、気が付けば映画祭のプレゼンテーションの日を迎えていた。

コンペティションは三日間掛けて行われる予定で、樋口たち「イン・トラスト」の発表は最終日となっていた。

午後一番で行われる発表に向けて、会社ではささやかな壮行会が行われている。

「今日のプレゼンが終わったら祝杯を上げよう。皆、お疲れさん！」

「社長、結果が出るのは二週間後ですよ。それにプレゼンはこれからです」

樋口の声に気が早過ぎると、吉永が言った。彼は映画祭の企画からプレゼンまでの総括チーフとして参戦していた。壮行会のメンバーには、企画段階で関わっていた菊池の姿もある。

「大丈夫だって。勝つに決まってんだろ？　うちよりいい企画なんかないんだから」

他社の企画の内容など分かるはずもないのに、樋口が早々に勝利宣言をし、周りが一同に笑った。

ここ数日は休日も返上し、寝る間もないほどの忙しさだった。映画祭に関わった社員たち全員、疲労はピークに達しているはずだが、決戦の日の表情は、皆晴れやかだ。

「いやー、それにしてもこの二週間、大変だった」

吉永がこれまでの怒濤《どとう》の日々を振り返り、しみじみとした声を出した。チームの面々も、うんうんと頷いている。

「社長の突発行動はよくあることですが、あれは酷いですよ。せっかく決まったものを全部捨てて、全然違う企画をぶち込んでくるんだから」

吉永が恨みがましい声を出し、周りから「そうだ」「酷い」「死ぬかと思った」と賛同の声が上がった。

「話を聞かされた時は、ひっくり返るかと思いましたよ。しばらくは思考停止しました」

その時のショックを思い出したのか、吉永が苦い顔を作った。パソコンの前で茫然自失《ぼうぜんじしつ》していた吉永の姿を、入江も見ている。

「あれなー、悪かったな。でもさ、思いついちゃったんだもん。でも、前の企画よりも断然面白いもんに出来上がっただろ？」

いつもの調子で樋口が軽く笑い、仕方がないという顔で社員たちが苦笑した。樋口の突発的な我儘など毎度のことなので、皆諦めムードだ。

突然の樋口の企画変更に、プレゼンチームは文字通り右往左往させられたのだ。恨み節《ぶし》の一つも言いたくなるのは当然だと、文句を言っている吉永たちに入江も深く頷いた。

「まあまあ、許してくれよ。ほら、結果オーライってことでさ。終わったら酒奢《おご》るってば。本当に皆には感謝してるよ。ありがとうな！」

とにかく今日の日を無事迎えられてよかったと、お互いの労をねぎらっている中で、一人だけ顔色を失っている人物がいた。

顔をこわばらせた菊池が、棒のように硬直したままカタカタと身体を震わせている。

「……菊池さん、ちょっと。会議室に行きましょうか」

視線を彷徨《さまよ》わせている菊池に、入江はさり気なく声を掛けた。チームの輪から抜けていく二人を、樋口が視線で見送っている。

入江の後ろに黙って付いてきた菊池は下を向いたまま、会議室で二人きりになっても、顔を上げようとはしなかった。

「……今日は菊池さんに、とても残念な通告をしなければなりません」

俯《うつむ》いたまま何も言わない菊池の前に、纏められた冊子を置いた。

「こちらはある調査会社から届いた報告書です。何が書いてあるか、……お分かりでしょう」

菊池は入江の呼び掛けに答えず、冊子も手に取ろうとしない。すべてを悟り観念しているのか、頭が真っ白で何も考えられないのか。

「映画祭のコンペの第一日目、ナリタ企画という会社が出したプレゼンですが、うちが当初用意したものと、まったく同じ企画が発表されたようです」

酷似した企画内容が発表されれば、当然どちらかから情報が流出したとして問題になる。オリジナルはこちら側だということが証明できても、「イン・トラスト」の初仕事としてケチがついてしまうのは避けられなかっただろう。

その上、企画をナリタ企画に売り込んだのは、入江だということにされていた。

久島との密会の写真と共にガセネタを送りつけ、入江たちがそちらの対処に気を取られている隙に、兼松は別の方面からも入江を陥れようとしていたのだ。

「菊池さん。……あなたが私の名を騙《かた》って企画書を持ち込んだナリタ企画は、実在しません」

今まで頑なに俯き続けていた菊池の顔が、初めて上がった。信じられないというように目を見開き、唇がわなわなと震え出す。

兼松は入江と樋口に嫌がらせをするだけのために、幽霊会社を立ち上げたのだ。盗んだ情報を元に、あわよくば甘い汁を吸おうとでも思ったのか。失敗しても先に企画を発表してしまえば、入江たちに打撃を与えられると踏んだのだろう。まったく、くだらないことをしてくれたものだ。

「それから『イン・トラスト』の今後の参入予定、企業の実態、社員の情報、そういったものが持ち出されたことが分かっています」

情報と引き換えに、いくばくかの現金を受け取り、菊池はここから姿を消す予定となっていたはずだ。引き取り先は、実際には存在しないナリタ企画か、それとも別の大手企業の名でも出されたか。いずれにしても彼にはもう逃げ込む場所はない。

「もうお分かりですね。あなたが兼松に渡した情報はすべてダミーです。その上で、菊池さんには映画祭とは離れた部門で働いてもらい、事を進めていきました。……要は、こちら側からもあなたを利用させてもらいました」

菊池の顔色は青から白へと変化している。

……馬鹿なことをしたものだと、入江は憐《あわ》れみの目をもって、目の前で絶望に浸っている若い男を見つめた。

兼松にどんな風に丸め込まれたのか。実直で経験の浅い若者の心を揺さぶることなど、兼松には容易《たやす》いことだったのだと思う。

「何か言い分はありますか？」

同情はするが、菊池がしたことは、到底許されることではない。自分のしでかしたことの重大さに今更目が覚めても、彼の目の前は真っ暗なままだ。

「……樋口社長より、あなたに解雇予告を申し渡します。期間は三十日。尚、本日より出社には及びません。あなたには解雇予告手当を請求する権利があり――」

懲戒解雇《ちょうかいかいこ》にしなかったのは、樋口からの最後の温情だ。菊池のやったことを知っているのは、入江と樋口、それから相沢だけに留《とど》めてある。

「私からは以上です。何かご質問はありますか？」

淡々と言い渡す入江の声にも、菊池は反応しない。硬く拳を握り、痛みに耐えるようにただ下を向いていた。

「……報復は考えないほうがいい。あなたを利用した人にも、すでに手は回っている。兼松にはもう、あなたに構っていられる余裕もないはずです」

入江からも最後の警告を送る。兼松も情報収集には長けていたが、樋口の組織力が数段上手だった。徹底した調査により、兼松の後ろ盾をしていた暴力団の存在も割れている。

樋口匡司の声一つで、警察は迅速に動いた。高齢者をターゲットにした組織ぐるみの詐欺《さぎ》商法を行ったとして、彼に逮捕状が出るのは、時間の問題だ。

「あなたはまだ若い。立て直す機会は自分で摑みなさい。それでは、元気で」

動かない菊池を残し、入江は会議室を出た。そろそろプレゼンのチームがプレゼン会場へと出掛ける時刻だ。

フロアに戻ると、先ほど集まっていたメンバーはそれぞれの準備をするために、すでに散らばっていた。樋口も社長室に戻ったようだ。

ドアをノックし、社長室に入る。樋口はパソコンの画面を熱心に見つめていた。

「そろそろお時間です」

予《あらかじ》め用意された書類を再度確認し、入江が声を掛けると、樋口は「うん」と返事をし、パソコンの電源を切った。

「何か面白い情報を見つけましたか？」

「そうねえ。いろいろ。今はまだ内緒」

楽しそうな声を上げ、樋口が大きく伸びをした。

「まずは今日のプレゼンだ」

「そうですね。頑張ってください」

二人で部屋を出て行き、プレゼンに向かう面々と合流し、会場へと向かう。

フロアを抜け、先ほど入江が出てきた会議室の前に差し掛かる。隣を歩いている樋口にちらりと目をやるが、樋口は何も話さない。

真っ直ぐ前を向いたまま、閉じたドアの前を、樋口が悠然と通り過ぎていった。

プレゼンの打ち上げは盛大なものとなった。

所有するビルの一角を貸し切りにし、関わったすべての人間が集められ、それぞれの健闘をたたえ合い、労をねぎらう。

会場には「イン・トラスト」だけでなく、複数社の社員たちが加わっていた。変更されたプレゼン内容は、樋口の得意とするコラボ企画で形成されていたのだ。デザイン関係、空間プロデュース、映像会社が一体となり、今までにない大規模なプロジェクトチームが結成され、今日のプレゼンに臨んでいた。

樋口に突然話を持ち込まれ面食らった相手業者だったが、樋口の勢いに気圧され、あっという間に巻き込まれていった。怒濤の勢いで練り上げられたプレゼン内容は、短期間で仕上げたにもかかわらず、かなりの完成度の高さだった。

プレゼン会場での感触は上々で、グラスを交わし合う人たちの表情も明るい。打ち上げ会場には入江の元同級生、久島の姿もあった。

久島との密会の写真に激昂し、元同級生との仲に激しい嫉妬心を燃やした樋口だったが、それはそれ、仕事に有利になると見れば、切り離して考えられるらしかった。樋口の持つ強かさと大らかさは、常人の範疇《はんちゅう》を超えるものらしい。

その樋口は今、吉永と乾杯を交わし、何やら話し込んでいる。勝ちが予想されるコンペのこれからのことを相談しているのか、それとも別の企画のことでも話しているのか。

樋口の動向を目の端に置きながら、会場の隅で打ち上げの様子を見守っていた入江に、久島が近づいてきた。小さく片手を上げる久島に入江も応えようとした時、目の端に置いていた人物がすばやくこちらに向かってくるのが見えた。

「やあ、久島さん、お疲れ様でした」

突然割って入ってきた樋口に、久島が面食らっている。入江に注ごうと手に持っていたビールを、「うちの秘書は今日は飲みませんから」と、樋口の持つグラスに注がせた。

「今回は一緒に仕事ができそうで。楽しみにしていますよ」

笑顔で挨拶をしながら、ピッタリと入江の隣を確保している樋口に、ガキなのかよ、と溜息を漏らしながら、入江はつい口元が緩んでしまった。

賑《にぎ》やかな打ち上げの時間は刻々と過ぎ、次はコンペの結果発表の日だと、笑顔で約束したところで、会が閉じられた。

飲み足らない連中や、話に花が咲いた人たちがそれぞれ二次会にばらけていく中、樋口は真っ直ぐに新宿の自宅に帰ると言った。寝不足が続いていたし、ずっと気を張っていたので、一人になって気持ちを緩めたいのだろう。

入江が運転する車で自宅に向かう。樋口は大人しく後部座席に座っていた。写真と怪文書が送られてきた一件で、入江に場所を弁えろと怒鳴りつけられて以来、樋口は社長と秘書というスタンスを一応守るようになった。とても良い兆候だ。

ハンドルを操作しながらバックミラーを覗くと、樋口はいつものように車窓からの風景を眺めていた。ゆったりと機嫌のいい顔をしている。適量の酒が入り、身体も解《ほぐ》れているようだ。樋口の様子を確かめ、更に後方を確認する。入江たち車の後ろに、一台の車がピッタリとついてきていた。樋口の父親が付けた護衛だ。

菊池を使ったスパイ行為がばれ、映画祭の企画を盗み、出し抜こうとした兼松の計画も不発に終わった。元々狡猾な男で、あからさまな嫌がらせなどはしてこないとは思っているが、追い詰められれば捨て身の行動に出ることも考えられる。

樋口グループの御曹司には、万が一にでも何かあってはならないのだと固く忠言され、しばらくは護衛という監視が付くことになったのだった。

駐車場に車を停め、部屋に繋がるエレベーターを待つ間にも、建物の隅からこちらを見守る気配がする。部屋の鍵を開け、ドアを閉めたところでやっと誰の目もなくなり、入江は小さく息を吐いた。

樋口の安全を図るためだと分かってはいるが、一緒に行動する入江も当然ずっと監視の目に晒《さら》されているのだ。

「今日はお疲れ様でした」

だが自分が窮屈かどうかは関係ない。取りあえず今は、今日一日を乗り切った樋口を労《ねぎら》おうと声を掛けたらガバリと抱きつかれた。

「おい！　いきなりだな」

「だって四六時中監視されて、全然イチャつく暇がない。会社でもしょっちゅう人が入ってくるから、おちおち尻《しり》も触れないじゃないか」

ここ数日は、スタッフ全員で不眠不休に近い作業が続いていて、社長室も人の出入りが激しかった。その上何処へ出掛けても、護衛が目を光らせていて、それが堪《たま》らなく嫌だと樋口が嘆いた。

「それはしょうがないでしょう。プレゼン間近で突然企画を変えたりしたんですから、みんな必死だったんですよ。気の毒なのはむしろ社員のほうですよ」

「なあ、今日、泊まってかない？」

「……相変わらず人の話を聞かない人だな」

入江が送る度にこうして誘ってくるのは、すでに恒例の行事と化していた。

「だってほら、今日はプレゼンも頑張ったし、褒美的なものをもらってもいいと思うんだ」

「褒美がないと仕事ができないのかあんたは。子どもか」

「そうじゃないけどさ。どうしても足りないんだよ、勉成分が」

「充電の次は栄養素扱いか。毎日これだけ一緒にいて、まだ足りないと言われても」

「全然足りないだろう？　性的な何かが」

「性的な何かって……」

もう限界だと嘆き入江に抱きつきながら、相変わらず言うことがふざけている。一時はこの真剣みのなさに憤ったものだが、今はなんだか笑えてくる。

「なあ、勉ちゃん、今日ぐらいはいいだろ？」

「まずは落ち着け。靴も脱いでいない」

腕を離そうとしない樋口の胸を押し、離れろと諭す。

「電話するから。下で待ってる人に連絡しないと」

樋口を部屋に送り届けた後は、入江にもガードが付いていた。兼松には部屋も知られているし、一度接触してきたことを思えば、入江のほうが危ないからという樋口からの提案だった。入江が降りてくるのを待っている彼らに、今日は帰らないと伝えなければいけない。

腕から逃れ、携帯を操作している入江を、樋口が唖然《あぜん》とした表情で眺めている。

「……はい、今日は社長もお疲れのようですので、このままお世話をし、明日、私も一緒に出社いたしますので。お疲れ様です」

用件を伝えて電話を切った。樋口はまだ信じられないという顔をしている。

「今日はプレゼンも無事終わったことですし、……まあ、ですから、今日ぐらいは社長のご要望にお応えしても……っ！」

「勉ちゃん！」

話し終わらないうちに、再び樋口の腕の中に取り込まれてしまった。

「だから落ち着けよ」

「めちゃくちゃ嬉しい。勉ちゃん、とうとう決心してくれたんだな」

「大袈裟《おおげさ》だな。……ボスの要望に応えるのはプライベート・アシストとしての責務だから。俺成分が充塡《じゅうてん》されたらまた働く活力が湧くというなら、まあ与えてやらないこともない」

往生際悪く、樋口を受け入れることについての大義名分を掲げる入江を、樋口が笑顔で見つめている。

「そういう可愛くないこと言うのが勉ちゃんの可愛いところなんだよな」

「うるさい、違う。それにほら、兼松のことだって、俺が絡んでいなきゃこんな大事にならなかったはずで」

「そんなことないよ」

「それにあんた、ちょっとへこんでるだろ？　……菊池さんのことで」

笑顔のまま入江を見つめていた樋口の表情が一瞬止まった。きつく抱き締めていた腕の力がふっと緩む。

「……菊池くん、何か言ってた？」

「何も。自分のしたことの大きさに気が付いて、茫然自失って感じだった。いろいろな感情が押し寄せてくるのは、これからだろうと思う」

「そうか」

新卒で入ってきた菊池を、樋口はとても可愛がっていた。いつか誰かが菊池のことを「柴犬のようだ」と言っていたが、樋口に振り回されていたあの頃を思い出すと、その形容には入江も納得で、樋口が可愛がっていた気持ちが理解できる。

それだけに、樋口が今回のことに心を痛め、彼の処遇に悩み、これからのことを心配しているのが、入江には手に取るように分かるのだ。

「勉ちゃんは本当に、……俺のことがなんでも分かるんだな」

入江を見つめる瞳が細められる。

「当たり前だろう。俺はあんたのプライベート・アシストなんだから」

胸を張って言う入江に、樋口は「うん」と頷き、「嬉しい」と言った。

「勉ちゃんの頭ん中は、俺しかいないいんだもんな」

「そんなことはない」

「またまた。照れんなよ」

「照れてない。事実を述べている」

「俺のことしか考えられない、俺のことが大好きだって、あん時言ったじゃん」

「言ってないぞっ！　話をねつ造するな。いつ俺がそんなことを言ったんだよ」

ヒートアップする入江に、樋口は相変わらずへらへらと「まあまあ、分かってるから」と言い、腰に回していた腕を上げてきた。

顎《あご》を持たれ、上向かされた。目の前には優しい笑みを浮かべた樋口の顔がある。

ゆっくりと唇が下りてきて、目を瞑ってそれを迎えた。柔らかい感触が訪れ、そっと噛《か》まれる。

「……ん」

理論武装で固めたいろいろな言い訳が、その一瞬で融けてなくなる。

今日は頑張ったから、根負けしたから、落ち込んでいるだろうからと、理由をどんなに並べ立てても、結局自分がこの男を受け入れたいと、願ってしまったのだ。

合わさってきた唇は温かく、今日も酒の味がする。ちゅ、ちゅ、と啄《ついば》まれ、それが一旦離れる。目を開けると、樋口が嬉しそうに微笑んでいた。

その顔を眺めながら不思議に思う。

自分よりも背が高く、朝になれば髭が生え、口を開けば口説《いと》いてきて、油断すればすぐに尻を触ってくる、そんな男の顔が、とても綺麗に見え、愛しく思えてくるのだ。

毎日、毎日、本気かどうかも分からない求愛をされ続け、洗脳されてしまったのだろうか。

充電といっては抱き込み、部屋に送る度に泊まれと迫られ、だけどこの八ヵ月間、樋口はそれ以上しつこくは誘ってこなかった。我慢強いのか、余裕があるのか。

これが樋口の仕組んだ作戦なら、悔しいが入江の完敗だ。そんな風に翻弄《ほんろう》され続け、入江のほうが我慢の限界を超えてしまったのだから。

唇が再び近づいてきて、顔を倒してそれを迎えた。熱い舌先が滑り込み、自分のそれと搦《から》められる。軽く吸われ、クチュ、という水音を聞いたら、ズゥン……と尾《び》てい骨《こつ》に響くような快感が走った。

「……は、ぁ」

キスを受け入れながら溜息を吐く入江の顔を、樋口が見つめている。

「凄い……色っぽい顔」

嬉しそうな声を聞き、急に恥ずかしくなった。大男のキスを受けて蕩《とろ》けそうになっている自分が信じられない。

腕の中から逃げようと顔を逸《そ》らすと、追い掛けられ、更に強い力で引き寄せられた。

「……ちょ、っと、待て」

「待たない。やっと……俺のもんになるって決心したんだろ？」

耳元で囁《ささや》かれ、腰が砕けそうになった。崩れ落ちる身体を抱きとめられ、引き上げられる。

「勉ちゃん、もしかしてこの声に弱い？」

「そんなことない！」

れた。

「もう、可愛いなあ」

「うるさい！　……やっぱり帰る」

「えっ？　なんで？　嫌だよ。帰んないで」

グイグイと胸を押し、ドアのほうに身体を向けて逃げようとするのを、慌てて引き留めら

「もう護衛の人返しちゃっただろ？　今更そんなこと言うなよ」

「帰るってば！　護衛付かなくても一人で帰れるから」

「勉ちゃん、落ち着いて」

説得され、後ろから羽交い締めにされた。

「やっぱり無理だ。俺、こういうの得意じゃない……」

「別に得意不得意でするもんじゃないから、平気だよ」

「だって、本当に俺、情緒とかなくて、やり方もよく分からない。前のことも全然覚えてないし」

過去のトラウマが蘇り、急に怖気づいてしまった。意識がなかった以前ならともかく、これだけ長い間求められ続け、その結果やっぱりつまらなかったと、ガッカリされたら堪ったもんじゃない。

「大丈夫。俺が知ってるから。それに情緒ないとか、全然そんなことないよ？」

「嘘《うそ》だ」

「本当だって。俺、勉ちゃんのキスでめっちゃ興奮してるし」

ぎゅ、と抱き締められて、樋口の身体がピッタリと合わさる。「ほら」と押しつけられたそこには、確かに樋口の劣情が感じられた。

近づいてきた唇が、入江の耳を食《は》んできた。

「帰るなんて言うなよ。……観念して、俺に抱かれてくれ」

狡《ずる》いと思う。そんな声で、そんな風に言われたら、恥ずかしさと気持ちよさで、おかしくなってしまうじゃないか。

「……お前わざとその声使ってるだろ」

「うん。勉ちゃんが俺の声に感じるって分かったから」

図星を指され、暴れようとする身体を樋口が抱き締め、もう一度低い声を出し、「だって好きだろ？」などと囁くものだから、抵抗する力が抜けてしまった。

連れて行かれたのはバスルームだった。

「壁に手ぇついて。もうちょい足開いて、な」

壁に向かい、樋口の前に立たされる形でシャワーを浴びせられる。肩に湯が掛かり、大きな掌《てのひら》で撫《な》でられた。

肩から背中、お腹《なか》から腰へと撫で回され、それが尻にくる。

「絶対に痛くしないから。安心して任せて」

耳元の声が囁き、指がそっと入ってきた。

「んんっ」

前に繋がった時は爆睡していたためにほとんど記憶が無いが、指を入れられた時の身体に走った衝撃だけは覚えていた。あの時と同じ異物感に顔が歪む。

「……力入れんな、って、無理か」

ほんの少しだけ入っている指はそこから動かず、耳に当たっている唇だけがそっと、宥めるように動いていく。耳殻を軽く噛まれ、舌先が中を辿《たど》る。はぁ、と息を吐くと「そのまま、力抜いてて」とまたやさしい声で囁かれた。

後ろにある指先が僅かに蠢《うごめ》く。入り口付近を撫でるようにしながら、ゆっくりと回している。

シャワーを弾《はじ》く肌の上を、空いているほうの腕がまさぐっていく。唇は相変わらず耳元を擽《くすぐ》り、それが首筋に滑り、唇にもやってきた。

「顔、こっち向けて」

首を捩《よじ》ると、舌を吸われた。クチュクチュと音を立て、舌先が入江のそれを可愛がる。身体を撫でていた指が乳首を摘《つま》み、指先で弾かれた。

「っ、は」

鋭い刺激に顎が跳ね上がり、息が漏れた。入江の反応に樋口が笑った。

「やっぱり、ここも敏感」

クリクリと胸先を捏《こ》ね回し、キュ、と摘れた。

「そんなことな……っ、ぁ」

カリカリと爪《つめ》を立てられて言葉が途切れた。入江のそんな反応を樋口が楽しそうに眺めている。

「……わあ、すげえいい顔」

「うるさいっ、しゃべんなっ、見んなっ！」

入江の悪態に樋口はますます嬉しそうに笑い、唇を塞《ふさ》いできた。

「……ん、ふ」

「分かる？　だいぶ入ってる、指」

胸の刺激に気を取られているうちに、指が少しばかり進んだらしい。

「このまま馴《な》らしていこうな」

埋められた異物がゆっくりと抜き差しされる。入江が慣れるのを待ち、少しずつ進め、やがて指の根元まで押し入れられた。

「う……、っ、ぅ……、く」

「痛い……？」

黙って首を横に振る。痛くはないが……。

「なんか……ちょっと」

「ん？」

痛くはない。だが、どうにもこの……違和感というか、なんというか……。

「気持ち悪い……」

「えっ？　吐く？」

「吐かない。違う。なんか、……なんか、嫌だ、これ」

入ったままの指は激しく動くこともなく、静かに出し入れしてくる。入ってくる感触よりも出て行くそれのほうが、引きずられる感じが強くて、どうにも……。

「嫌なの？　でも……吸い付いてくるよ？　ほら」

「……は、ぁあ……ぁ」

根元まであった指がズルリと引き抜かれると、口から間抜けな溜息が漏れ、膝の力が抜けた。自分で出した声に慌てて口を噤もうとしたら、樋口がまた耳を噛んできた。

「いい声……もっと聞かせて」

「いやだ……ね」

強情な入江の態度にはは、と声を出し、樋口が笑う。

「……ま、まだ、終わらない……のかよ……」

早く準備を済ませろと思うのに、樋口の指がしつこい。いったいいつまでこんなことを続けるつもりなのか。

「んー？　もう少しな、ちゃんと柔らかくしてから」

「早くしろよ」

指だけで翻弄されているのが恥ずかしく、そう言って先に進めと強硬に言い張る入江を、樋口が笑って却下する。

「急ぐなって。欲しい気持ちは分かるが」

「違うだろ、ふざけんな。もういいって」

「でもこの先は未知の世界だろ？　ゆっくり馴らさないと。ここまでは一応経験してるっていっても、だいぶ前のことだし」

聞き捨てならないことを聞いた。

「……ちょっと待て。今『ここまでは』って言ったか？」

「え、言ってないよ」

入江の低い声に、樋口が飄々《ひょうひょう》と嘘を吐く。

「言っただろうが！　未知の世界ってなんだよ。お前、寝てる間に襲ったってのは、嘘か？　どうなんだよ！」

「勉ちゃん、ちょっと黙って。今集中してるところだから」

「話を逸らすな。覚えてないのかとか責任取れとか、散々俺を責めといて、嘘とかあり得ないだろう。事あるごとにそのこと持ち出して、俺は……っ、あ」

都合が悪くなったらしい樋口が、突然指の動きを変えた。

「おまえっ、卑怯《ひきょう》だぞ……っ、あっ、あっ……あっ」

ゆっくり動いていた指が、リズムを持ち始めた。ヌチャ、ヌチャ、と、シャワーではない水音が聞こえ、その度に膝がガクガクと揺れる。

「だいぶ柔らかくなってきた」

「も、も……ぁ、やめ……、っ……っ、あ、あ」

指が動くと声が出る。止めてほしいのに、膝に力が入らず、壁に縋《すが》りついて腰を突き出したような格好で揺らされるのが居たたまれない。

「嫌だ、あ、社長……も、これ……しゃ、ちょう……」

「ちょ、今社長って言うの、止めて。なんか『秘書と社長のイケナイお仕事』みたいな感じでちょっとまずい……」

AVのタイトルのようなことを言って樋口が笑う。

「仕事のミスを身体で挽回《ばんかい》する、なんてシチュ？　いいかもな」

「だ、まれ」

「生意気な秘書にはお仕置きをしたくなっちゃったりして」

「何がお仕置きだ……っ、ああっ、ん、はぁ、あ——っ」

指がクッと曲げられ、その途端大きな声が上がった。壮絶な射精感に襲われ、頭が真っ白になる。

「……やめっ、あ、あ、あ、ああ、ぁああ、あ……」

指がそこを突く度に声が漏れ、勝手に腰が動く。崩れ落ちそうな身体を片腕一本で支えられ、逃げることもできない。

「ここ、な？　前立腺《ぜんりつせん》。覚えてる？」

「分からな……っ、っ」

声が遠くに聞こえ、答えられない。首を振って必死に堪《こら》えていると、中の指がくるん、と回り、刺激が去った。はあはあ、と息を吐き、体勢を立て直そうとするが、身体がいうことを聞かなかった。

「あんまり苛《いじ》めると、可哀想《かわいそう》だもんな」

こめかみにキスをしながら、またゆっくりと指が動き始める。

「ん……ん……ぅ」

「声……抑えんなよ。さっきの可愛かった」

「誰が……こんなの……」

馬鹿を言うなと思うが、キスを繰り返しながら「……なあ」と樋口がねだってきた。

「ぁ……ぁ、ん……」

「そう。もっと聞かせて」

きくもんかと唇を結ぶのだが、控えめながら出てしまう声が抑えられない。それに、入江が声を出すと、樋口が嬉しそうにしてくるから……なんとなく……悪くない、なんて思ってしまうのが癪に障《さわ》る。

樋口の長い指が、ゆっくりと執拗に入江を解し、刺激してくる。感じる場所を掠めては離れ、声を出すと褒めるようにキスを落としてきた。

「……ああ、ゆ、び……」

「ん？　指がどうした？」

聞いてくる声がやさしく、低く、色っぽい。

「腹が……はら、が……へん」

「うん。……ここな、気持ちいいか？」

入り口付近の前立腺は刺激がきつく、直截的《ちょくせつ》だが、奥のほうを指の腹でかき混ぜるように触られると、緩く、なんとなく気持ちがいい。

「……あぁ……ああ……」

そこを撫でられる度に大きな溜息が漏れ、腰がうねる。樋口はどこまでも入江に付き合って、そこを撫でてくれる。

勝手にいやらしく回る腰に、樋口の下半身が当たっていた。入江を刺激しながら、樋口自身が昂《たかぶ》っているのを感じる。壁についていた片方の手を、そっとそこに移動させた。

「ん……」

緩く握って動かすと、樋口が小さく呻《うめ》いた。入江の揺れに合わせて、樋口の腰も揺れる。

「ん、……勉ちゃん……ぅ、……あ」

樋口の声を聞き、ああ、そういうことなんだなと、思う。

声が聞きたいというのは、こういうことなのだ。入江の与えた刺激に樋口が反応し、応えてくれているのが分かる。

「……大きい、な」

膨大な質量を持つそれを、悔しいと思いながら褒めてやると、樋口が溜息を吐きながら笑った。

「……楽しそうだな」

笑っている樋口にそう言うと、樋口は尚も笑って「楽しいよ」と答えてきた。

そうか。楽しいのか。

情緒がないと言われて傷つき、恋愛は自分に向かないのだと、早々に諦めてしまった。だけどこうして二人で触れ合っていると、そんなに悪いものでもないと思えてくる。

相手が楽しいと思ってくれるのは、案外嬉しくて、もっと楽しんでもらいたいなんて思えば、自然と唇が緩み、控えめな声が漏れ出す。

お互いの身体を慰め合いながら、中に入った樋口の指が執拗に入江を可愛がる。

「もう、……いいんじゃないか……？」

「ん、終わらせたくないな」

「なん、で……？」

「勉ちゃんが凄く気持ちよさそうだから」

「……そうでもな……っ、あ」

「嘘言うな」

樋口が笑って指を動かしてくる。ゆっくりと。やさしく。

「だって、止めてほしくないだろ？」

「ぅ……るさ……っ、ぁ」

悔しいと思いながら、反論する声が出ない。何故なら、樋口の指摘するとおり、止めてほしくないからだ。

「言ってみ？　可愛く。止めないでって」

誰が言うもんか。歯を食い縛っている入江を、樋口が楽しそうに覗いてくる。執拗な責めは入江を苦しめるものではなく、柔らかく、やさしく入江を可愛がり続けるのだ。

「……悪く……ない、かも」

精一杯の強がりを口にする入江に、樋口は息を吐いて笑い、「可愛いなあ……」と、また入江を怒らせるようなことを言った。

「うるさ、い……ふ……っ、うあ……」

やがて大きな波がやってくる。到達しそうで昇り切れないもどかしさに降参の声が上がる。

「あ、あ……もう、社長……」

「だーから、社長止めろって。……下の名前呼べよ」

耳元で囁かれ、頭の中が真っ白になり、抵抗することもできなくなった。

「ゆ……ま、ゆぅ、……ま」

素直に下の名前を口にする。耳元にある唇が、ふ、と息を吐いた。

「ああ、マジ可愛いな。勉……」

「もう……無理。立って、られな……」

膝が限界で、床に座り込みたい。

「……ベッド行こうか」

素直に頷くと、そっと指が抜かれ、腕を取られた。

大判のバスタオルで身体をぞんざいに拭《ふ》かれ、そのままベッドの上に押し倒された。樋口も濡《ぬ》れたままで、入江の上に乗り上げてくる。

「ちょ……っ、シーツが濡れ……んぅ」

もう少し丁寧に身体を拭いてからにしろよと、持ち前の几帳面さで抗議をしようとした唇を、乱暴な仕草で塞がれた。荒い息を吐き、入江の中を蹂躙《じゅうりん》してくる。

獣じみた仕草に悪態を吐きたくても、分厚い舌で口内を嬲《なぶ》られ、息を継ぐのが精一杯だった。何度も角度を変えながら唇を合わせ、舌を吸われ、搦め取られているうちに、いつの間にか入江の腕は樋口の背中を抱き込んでいた。自らも舌を差し入れ、激しく絡め合う。

バスルームでは余裕で入江を翻弄したくせにと、可笑《おか》しくなる。同時に身体を重ねるこの瞬間を待ちわびていたのかと思えば、嬉しくもあった。

上にいる身体は重く、潰されそうだ。それでも回した腕に力を籠め、更に引き寄せた。キスを交わしながら、片足を持ち上げられる。肩に乗せられ、もう片方も大きく割り開かれた。

身体を起こした樋口が見下ろしてくる。唇には笑みが浮かんでいた。

「……力抜いてて」

さっき指で占領されていた場所に、硬い切っ先が宛がわれる。入江を見つめ、息を吐いた瞬間に合わせて、ズ……、とそれを押し込んできた。

「っ、……は、は……っ、ぅ……く」

ほんの先端が入り込んだだけで、指とは比べ物にならないほどの衝撃がくる。押し広げられる感覚に思わず息を詰めると、樋口がそこで止まった。じっとしたまま入江の呼吸が整うのを待っているようだ。

樋口が見下ろす。眉を寄せ、苦しげな表情が可哀想で、必死に息を継ごうと頑張った。

「……落ち着いて。待ってるから」

入りたがっている樋口の願望を叶えてやりたくて、懸命に力を抜こうとしている入江に樋口が言った。眉は寄せられたまま、だけど口元には笑みが浮かんでいる。

息を弾ませたまま腕を伸ばすと、樋口がそれを受け取り、唇に持っていく。大切そうに手に包み、指先にキスを落とす。恭しい態度に、俺は宝物かよ……、なんて思ったら笑えてきて、ふっと力が抜けた。その瞬間を見逃さず、樋口が再び進んでくる。

少し進んではその場に留まり、馴らすように静かに腰を揺らす。普段は直情的で考えなしに暴走しているようでいて、本当はとても繊細で、我慢強いのだということを知っている。

ふざけたセリフを吐き、冗談まがいに口説きながらも、樋口は決して強引に奪ってこようとはしなかった。ボスの命令は絶対で、どんな要望でも叶えるという入江に、樋口はその権限を使わずに、八ヵ月間もの間、入江が受け入れるのを待っていた。

そして今も入江を気遣い、入江をよくしたいのだと、己《おのれ》の欲望よりも入江を尊重してくれるのだ。

「大丈夫か？」

足を持ち上げたまま、樋口が顔を覗いてくる。

「ん……、今どれくらいだ？」

「半分、チョイ前って感じ」

「そうか。頑張れ」

入江の励ましに、樋口が笑った。こんな時にそんな会話を交わしていることに、入江の唇も緩む。情緒が欠落している者同士、会話をしながら身体を繋げる行為はなんだか楽しく、心地好い。

僅かに腰を揺らめかせながら、ゆっくりと樋口が中を占領していく。

「勉ちゃん、……全部入った」

やがてすべてを埋め込んだ樋口が、大きな溜息を吐いた。奥深くまでいっぱいに塞がれ、そうしながら樋口の身体が下りてくる。

「どんな感じ……？」

キスを一つ落とし、樋口が聞いてきた。

「……よく分からないが、一つ言えることは」

「うん」

「どんなに酔って爆睡していたとしても、こんなことをされたら絶対に目を覚ますということだな」

目の前にある瞳を睨むと、一瞬虚を衝《つ》かれたような顔をして、それから樋口の片眉が上がった。

「こんなもん埋め込まれて気付かない奴はいないぞ。やっぱりお前騙《だま》したな！」

「えー、そう？　そうかな？　でもあん時勉ちゃん、本当に爆睡してたし」

「この期《ご》に及んでまだ嘘を吐くか。こんな……っ、あ、おい、動くな、今話を……っ、あ」

説教の最中に樋口が動き出した。ズリュ……と内側を巻き込みながら出て行ったそれがズン、と押し込まれる。

「は、……っ、やめ、……っ、あ、あっ、……ぁ」

肩に置かれていた膝を持たれ、もう片方も持ち上げられた。膝を折りたたむようにしながら広げられ、樋口が突き入れてくる。

「あっ、ああっ！　深……ぃ、んん、ん、あ」

爆発するように樋口が動いている。突然のことに慌て、逃げようと首を振る入江を見下ろし、強く腰を押しつけてきた。

「……もう、苦しくないだろ？　勉ちゃん、中が絡まってくる」

「ううぅ……、こん、な……ッ、卑怯……っあ」

悪態を吐こうとするたびに、樋口が動きを変える。グリグリと腰を回し、次には最奥まで侵入し、そのまま揺らす。

「……ああ、凄い。勉ちゃん、……いいか？」

「よくな……ぁ、ぁあ、そこ、駄目っ、……ああ、は、ぁ……」

前立腺を掠めてこられ、息が上がる。酷く刺激し続けないようにはぐらかし、息が整うとまた同じ場所を責めることを繰り返された。

声を抑えることもできず、動かされる度に鳴き声が上がった。大きな身体が下りてきて、口を塞がれ、突き上げられ、泣かされる。

樋口の腹が入江の劣情に当たっていた。擦《こす》りつけるように一緒に揺らされ、その刺激に反応する。グチュグチュという水音が、入江の中心と、後ろからも聞こえてきた。

「ん、……っ、ん……は、ぁ……っ、ああ」

空気を求めて大きく開けた口に、ぬるりと分厚い舌が入ってくる。全部を塞がれたまま揺らされ、目の前が白く煙ってきた。内側の熱が膨張しながら出口を求めて駆け上がってくる。

「あ、……あ、ゆ、ぅま、……侑真……イ……く」

名前を呼びながら訴えたら、奥に埋まっていた楔《くさび》が引かれ、敏感な場所を刺激しながら、前を擦られた。

「ああ、ああ……」

樋口が見下ろしている。

「……見、んな、よ……」

絶頂を促されながら抵抗する入江を見つめたまま、樋口が腰を送り続ける。

「嫌だ。見てる。……イッて。俺の前で」

大きな分厚い手が入江の花芯《かしん》を包み、ゆるゆると動かしながら、腰を揺らめかす。悶絶《もんぜつ》する入江を見下ろす瞳が妖《あや》しく光り、自分の痴態を眺めながら、樋口が興奮していること知った。

「勉……、イケよ。見てるから」

「あ、あ……っ、ッ」

視線に促されて、熱が膨張する。背中を浮かせ反り上がると、樋口の動きが激しくなった。

「んん、んんぁ……っ、あ、ああっ、ああ――――っ」

高い声を上げながら、絶頂を迎えていた。放った精液が自分の腹を濡らしていく。

激しかった突き上げがゆったりした動きに代わり、まだ息の整わない唇を宥めるように啄まれた。

入江の身体を抱き込みながら、樋口がゆっくりと揺れ続ける。キスを繰り返しながら入江の目を覗き、樋口が笑った。

入江の中に埋め込まれた熱塊は、未《いま》だ力を保ったまま、占領し続けていた。

「勉ちゃん、少し、……乱暴にしていいか?」

樋口の問いに、今も十分乱暴にされていると思ったが、了承の印に顎を引いた。

身体を起こした樋口に両足を持たれ、大きく広げられた。いやらしく腰をうねらせ、強く穿《うが》ってくる。

太腰を足の間に割り入れ、打ちつけながら樋口が天井を仰《あお》いだ。

ああ、と樋口が息を吐く。額に汗が浮かんでいた。突き上げられ、朦朧《もうろう》としながら入江は腕を伸ばし、掌で撫でてやった。

入江の掌に慰められながら、樋口の動きが激しくなっていく。

「ん……、勉、は、……は、……っ」

息を吐き、大きくうねっていた腰の動きが一瞬止まり、次にはズン、と最奥に打ち込まれた。

「……あ、ぁぁ……、あ」

途切れ途切れに小さく声を発し、樋口が高みに昇り詰める。入江の中で劣情が弾け、腹の中が温かくなる感触が訪れた。

止まっていた身体がまたゆっくりと揺れ始める。閉じていた瞼《まぶた》が開き、見下ろしてくる顔には笑みが浮かんでいた。

綺麗な顔だなと思う。そんな綺麗な顔をした男が自分を見下ろし、とても嬉しそうに笑っている。

「どうだった？　セックスっていいもんだって思っただろ？」

「……あ？」

身体はまだ繋がったまま、いきなりそんなことを聞かれて、思わず剣呑《けんのん》な声が上がった。

「気持ちよさそうだったもんな。俺もめちゃくちゃよかったし。病みつきって感じ？」

事後の余韻も何もない明け透けな言葉に、覗いてくる目から顔を逸らした。自分も大概情緒がないが、この男はその上を行く無神経さだ。

身体はまだ繋がったままで、逃れようと胸を押したら、またしっかりと抱き込まれてしまい、「離せ」と喧嘩になる。

「なんだよ。もうちょっとイチャイチャさせろよ」

「はい、もう終わり。お疲れ様でしたっ」

入江の言葉に樋口が噴き出した。

「もう、勉ちゃんムードぶち壊し」

「あんたもな！」

「そういうところが可愛いんだけど」

暴れる身体を押さえ込み、樋口が笑いながらキスを落としてきた。首を振り回して回避してもしつこく追い掛けてきて奪われ、罵倒されてもまったくへこたれない。

「本当、面白いな、勉ちゃんて。退屈しないわ」

入江の上に居座ったまま、樋口がクスクスと笑いを引き摺《ず》っている。

「その上仕事はめちゃくちゃできるわ、料理もマッサージも上手いわ、お茶も絶品だし」

「褒め殺しか。分かったから退《ど》けよ」

「そんで、極めつけはベッドで超絶色っぽいって、もうこれ、俺の理想でしかないよな！」

「はあ？」

またいい加減なことを言い始めたと、上で笑っている男を睨み上げると、「本当だって」と、今度は比較的真面目な顔をした樋口が見下ろしてきた。

「改めて、申し入れしたい。勉ちゃん、俺のパートナーになってくれ。仕事でもプライベートでも」

派遣としてのプライベート・アシストではなく、入江本人の意思で、自分と一緒にいてほしいと、樋口が言った。

「二年の期限が切れても、それからもずっと、……できれば一生」

真っ直ぐな言葉が樋口の口から発せられる。

「俺には勉ちゃんが必要なんだ」

プロポーズめいた告白に、心臓が跳ね上がった。

「勉ちゃんだって、そうだろ？」

「何がだ？」

「俺と一緒にいるのが、一番楽しいだろう？」

「そんなことは……」

「二人はお似合いなんだってば。いい加減認めろよ」

……そんな風に言われると、絶対に認めたくなくなるのが入江だった。

「一生なんて言われても、あんたの親父さんの言う通り、『イン・トラスト』がなくなっているかもしれないだろ。そうしたら俺、失業するじゃないか」

「そんなことはさせない。つか、親父の申し入れを受けたりしたら、こっちはどんな手を使ってでも阻止するからな」

樋口の父親は、入江のことを諦めてはおらず、樋口はそれが気掛かりで、とにかく約束を取り付けたいらしい。

「そうは言ってもな……」

「勉ちゃんだってもう俺なしじゃ駄目だろ。こんなに相性のいい相手なんか、これから見つからないぞ?」

「そんなことは分からないだろうが」

「無理だな」

断言されてムッとした。

「だいたい、今日初めてのプレゼン終えたばかりで、まだ結果も出ていないのに、そんなことをよく言えたもんだ」

「それは、絶対大丈夫だって」

「世の中何が起こるか分からないんだぞ。まずは今日の結果が出てから出直してこい」

憤然と言い放つ入江に、樋口は情けなく眉を下げ、「どうしても？」と食い下がってきた。

繋がったままの身体を再び揺らしてくる。

「……おい」

「なあ、勉ちゃん、たまには素直に『うん』って言ってくれよ」

「っ、ちょっと待て……あ、あっ、動くなって……っ」

「ほら、身体の相性もバッチリだし」

逃れられない状況下にしておいて、答えを促してくるのは卑怯だと思う。

「そういう、……話じゃ、っ、ぅあ、……って、こら！」

「うん、って言うまで止めないい」

「言うかっ！　馬鹿っ！」

樋口の自業自得《じごうじとく》の行為により、頑なになってしまった入江の口から了承の返事を引き出すことができず、樋口の申し入れはプレゼンの結果が出るまでと、保留にされることとなった。

二週間後、樋口は社長室で、プレゼン結果の通知が来るのを待っていた。

樋口のすぐ横にはいつものように入江が待機している。吉永と相沢の姿もあった。ガラスのパーテーションの向こう側にも人の姿が映っていた。皆固唾《かたず》を呑んで映画祭の執行本部からの連絡を待っているところだ。

ポン、とメール受信の音が鳴り、四人の視線が樋口のパソコンに集まった。カチャ、というマウスの音が響く。

「採用決定だ。お疲れさん」

樋口の明るい声を聞き、吉永がそのまま部屋を出て行った。ガラスの向こうの人だかりがわっと踊り上がる。相沢も無言で頷いていた。

「おめでとうございます。『イン・トラスト』としての初めての仕事になりますね」

入江の祝福の言葉に、樋口が「うん」と頷き、脱力したように椅子に身体を預けた。

「これからが正念場ですな。頑張ってください」

相沢からも激励が飛んだところで、社員たちが社長室に雪崩《なだ》れ込んできた。

「やりましたね！」

吉永が満面の笑みを浮かべ、他の社員たちも肩を叩き合っている。

「トラスト・ワン」の頃からイベントの企画・運営はしていたものの、外部のコンペティションに挑んだのは、社員たちにとっても初めての経験だ。新しい会社の初企画が躓くことなく始動されたことに、全員興奮が隠せない様子だった。

「だから言っただろ？　あの企画で不採用はあり得ないって」

樋口が自信満々にそう言って、社長室が笑顔で溢れた。

新会社「イン・トラスト」としての具体的な活動がこれから始まる。

「コラボを組んだ他社にも通知がいっているはずだから、すぐに連絡を取ってくれ」

樋口の声に、社員たちが自分たちの仕事に戻り始めた。相沢も引継ぎに関しての細々としたことを相談した後、自分のデスクに帰っていった。

騒がしかった部屋が俄《にわ》かに静かになる。

「お茶をお持ちしましょうか」

映画祭の採用通知が来る前に淹《い》れておいた紅茶は、そのまま放置されていた。

「うん。その前に勉ちゃん、ちょっとこっち来て」

手招きをされてデスクに近づくと、腕を伸ばしてきた樋口に手を握られた。

「少しの間だけ」

入江の手を取ったまま、樋口が笑う。屈託のない笑顔は子どものようで、そこにホッとした表情が僅かに窺えた。

「よかったですね。あの企画なら間違いないと、私も思っていました」

「うん。俺も思ってたよ。……でもやっぱりな、世の中絶対ってのはないからさ」

自信がある、落ちるはずがないと豪語していても、やはり結果が出るまでには不安があるのは当たり前のことだ。

「ホッとした。皆に無理させちゃったからさ。駄目だったらどうしようかって、ちょっとだけ思ってた」

傍若無人な男は、自信たっぷりに周りを振り回し、さも軽々と乗り越えているように見えて、裏側に回れば、常に不安と戦っている。御曹司の肩書は生まれついたもので、何処へ行っても名前がついて回り、安易に弱い部分も晒せない世界で育ってきたのだから。

その樋口は今、入江の手を握り、不安だった心情を吐露している。そして心から安心したと、入江に甘えてくるのだ。

「それならそれで、また次のコンペに挑めばいい話です。吉永さんも他の社員も、喜んで社長について行くでしょう」

入江の言葉に樋口は笑い、「勉ちゃんもついてきてくれるか？」と聞いてきた。

「プレゼン結果が出たら、返事を聞かせてくれるって約束だろ？」

握られた手に力が籠る。

「俺のパートナーになる話。イエスの返事を聞かせてくれ」

回答が「イエス」しか選べないのかと可笑しくなる。

笑っている入江に釣られるように樋口も笑顔を作るが、その顔が幾分不安そうなのが、やはり可笑しい。

入江に対し、素直になれとか、お似合いだとか、普段は散々言っておいて、今も「イエス」の返事しか受け付けないと言っているくせに。自信満々な男が、握っている手にじんわりと汗を滲ませて、入江の答えを待っている。

契約期間は残り一年と少し。樋口の父親からの依頼も未だにやってくる。樋口の父親のアシストに付けば、それはそれで充実した仕事ができるだろう。初めから百五十パーセントの人物など、数ある大企業の中でもそうそうお目に掛かれない。だけど目の前にいる不完全な人間を、自分の手で二百パーセントにするほうが、断然面白そうじゃないかと思うのだ。

「今日は尻を触ってこないんですね」

いつもならすかさず伸びてくる腕は大人しく膝の上にあり、片方だけが入江の掌を捕まえていた。

「触りたいよ。触りたいけど、やったらまた返事を保留にされそうだから」

情けなさそうに眉を下げ、樋口が見上げてくる。

お預けを喰らった犬のような顔をして、じっと入江の答えを待っている樋口を見つめながら、選択の余地のないイエスの返事を送るために、自分を包んでいる大きな手を、入江は自分のほうから握り返した。

愛してるにしか聞こえない

「つっかれたぁー」と叫びながら、樋口侑真《ひぐちゆうま》はベッドの上に突っ伏した。

ホテルの窓からは、祭りの終わりを惜しむように、パンパンと花火が打ち上がる音が聞こえてくる。

樋口が新会社「イン・トラスト」を設立してからもうすぐ一年になる。

約一年掛けて準備をした映画祭は、五日間の工程を滞りなく遂行し、今夜祭典の終わりを告げた。

閉会のセレモニーに参加し、その後の打ち上げで軽く乾杯を交わした後、ここ一ヵ月間寝泊まりしていたホテルの部屋に今、引き上げてきたところだった。

「水はそちらに持っていきましょうか？」

一緒に部屋に戻ってきた入江勉《いりえつとむ》は、腰《こし》を落ち着ける間もなく、樋口のために酔い覚ましの水を用意している。

「勉ちゃん」

ポンポン、とベッドを叩《たた》くと、グラスをテーブルの上に置く音が聞こえ、勉が近づいてきた。寝ころんだままの樋口のすぐ横に腰を下ろす。

「盛況だったよな。凄《すご》い人だった」

「そうですね」

勉の膝《ひざ》の上ににじり寄り、頭を乗せた。

「成功したと思うか？」

「大成功だったと思いますよ」

その声を聞いて、安心した。この男は嘘《うそ》も吐かなければ、世辞も言わない。勉が大成功だと言うのなら、その通りなのだと確信できる。

「イン・トラスト」として初めて手掛けた映画祭は、例年を超える観光客を呼び込み、メディアにも多く取り上げられた。プロジェクトマッピングなどを駆使した催しは注目を集め、あちこちから視察の申し込みや問い合わせが殺到している。

「ほら、まずはスーツを脱いで。明日も朝が早いんだから」

明日は祭りの後の残骸を片付ける作業が待っていた。それが終われば、気を緩める間もなく次の仕事に取り掛からなければならない。

勉の声に、うん、と了承の返事をしながらも、細い腰に腕を巻きつけ、更に深く顔を埋めた。すぐに行動を起こさない樋口に、勉は溜息《ためいき》を吐きながら、それでも動かないでいてくれる。柔らかい掌《てのひら》がふわりと髪に当たり、頑張った褒美だというように撫《な》でている。

「勉ちゃんも疲れただろ。一緒になって機材組み立てたりしたもんな」

「いや。もう慣れた。あんたより若い分、体力はあるからな」

樋口の甘えを受け入れながら、白ツトムを解除した勉が、そんな可愛《かわい》くないことを言った。

この一年の間、いや、それ以前から、勉はこうして樋口の側にピッタリと寄り添い、一緒に走ってくれた。息切れを起こせば、樋口がそれを自覚する前に走ることを一旦止めさせ、美味《うま》い飯と十分な休息を与え、それから尻《しり》を叩き、また一緒に走ることを繰り返した。

自分は決して表に出ず、陰で支えてくれながら、樋口を馬車馬のように走らせる。そして勉自身はまるで疲れた顔も見せずに平然と横を走ってくるのだから、たいした男だと思うのだ。

祖母から贈られたプレゼントは、今や樋口にとって、何物にも代え難《がた》い大事な宝物となっている。

膝の上に頭を乗せたまま、勉の顔を見上げた。以前はきっちりと七三に分かれていた髪型が、いつからか分け目がなくなり、今は自然に下りた前髪が、額に掛かっている。

腕を伸ばし、柔らかい髪に触れながら、こちらを見下ろしている瞳に笑い掛けた。「似合うよ」とか「可愛い」とか口に出すと、次の日にはまたきっちりと分けてしまいそうなので、言葉には出さずに、こうして仕草で伝えている。

「そういえば、今日相沢《あいざわ》さんから連絡が来てたよ。兼松《かねまつ》、判決が下りたってよ。執行猶予《ゆうよ》なしの懲役《ちょうえき》八年だってさ」

樋口の報告に勉は表情を変えず、「そうか」とだけ答えた。

警察の手から逃げ回っていた兼松だったが、ついには身柄を拘束《こうそく》された。あれこれと手を尽くしてごねていたらしいが、後ろ盾にしていた暴力団からも見放され、つい先日判決が下ったらしい。

「俺はもっと重くてもいいと思ったんだけどな」

余罪も山ほどあるだろうし、手口も悪質だ。何より勉を悪戯《いたずら》に翻弄《ほんろう》し、傷つけようとした行為は許し難い。

「あの男のことだから、実際はもっと早くに出てくるかもな」

「出てきても勉ちゃんに手出しはさせないよ」

「はは、頼もしいな。相沢さん、忙しそうか？『トラスト・ワン』は変わりないのかな」

「ああ。相変わらずだ。たまには実家のほうに顔を出せって、親父《おやじ》から言付けもらって、ついでになんやかんや説教もくれたよ」

同じ企業内とはいえ、独立した事業を起こしている樋口に、相沢は相変わらずうるさくあれこれと口を出してくる。親父の部下として樋口が子どもの時から知られている間柄だけに、干渉振りは親戚《しんせき》かと思うほどだ。

「でもまあ、相沢さんのお蔭《かげ》で親父が勉ちゃんのことを諦めてくれたってこともあるし、爺《じじい》孝行だと思って、大人《おとな》しく聞いてやってる」

「説教食らってる割に上から目線か」

息子《むすこ》との契約が切れたら自分のところに来てほしいと、再三の申し入れがあり、我が親ながら、相当しつこかった。それを相沢が間に入って説得してくれ、とうとう親父も諦めた。

あの野放図な次男坊に呆《あき》れずに付き合い、操縦できるのはあの男ぐらいだと、親父に懇々と説明してくれたらしい。「毒には毒を」と言われたことには、勉は多少の不服を持っているらしいのだが。

「まあ、親父のことは相沢さんにストップ掛けといてもらうとして。もう一人しつこいのがいるんだけど」

不満げな声を出す樋口に、勉がまたかというように目を細めた。

「久島《ひさじま》のことか？」

「あいつ、やっぱり、勉ちゃんのことを狙ってるんじゃないか？　性的な意味で」

「そんなわけあるか」

「いや、だって、何かっつーと勉ちゃんの姿を見つけては、寄ってくるじゃないか」

勉の元同級生は、未《いま》だに自分の会社に勉を引っ張ることを諦めていないようで、隙《すき》があれば寄ってきて、冗談をかましながら勧誘を掛けてくる。今回の映画祭で一緒に仕事をして、有能な男だと認めてもいるし、面白い奴《やつ》だとも思うが、勉に纏《まと》わりつくのが面白くない。

「仕事とプライベートを混同しているのが許せないな」

「あんたが言うなよ」

「俺はちゃんと区別しているぞ」

「嘘を言うな。俺が久島と話してると、何処《どこ》からか湧いてきて邪魔してくるくせに」

クックッと腹を震わせ、勉が笑った。

「邪魔なんかしていない。あいつが邪魔するんだろ」

「焼きもちやくのも大概にしろよ。そんな心配、全然いらないだろう？」

笑いを引き摺《ず》りながら勉がそう言って、樋口はその顔をじっと見つめた。

「何？」

「勉ちゃん……」

普段は暴言を吐きまくり、人を罵倒することにかけては他の追随を許さない黒ツトムは、時々とんでもない愛の言葉を激白してくる。

「だからなんだよ」

「……俺も好きだよ」

嫉妬の心配なんかいらない、俺はお前のものだから、という勉の告白に、自分も精一杯の愛情を籠めて応えると、勉は一瞬ポカンとした顔をした後、みるみる顔を紅潮させ、最後には激昂《げっこう》した。

「いきなり何言ってんだよ！　『俺も』って言うのはなんだよ、阿呆《あほう》か」

「え、だから勉ちゃんのことを好きだっていう、愛の確認みたいな」

「いらん、そんなもん。そろそろ退《ど》けよ。重いから」

「あ、またそういう可愛くないこと言って」

「俺は端《はな》から可愛くないぞ」

「馬鹿。可愛いんだよ」

「どっちだよ！」

「ごめん。可愛い。めちゃくちゃ可愛い」

改めて言い直すと、勉が照れて暴れ始めるものだから、ますます可愛くなってしまった。

「おい、退けって言ってんのに、っ……何ベルト外しに掛かってんだよ」

「いや、ちょっともよおしちゃって。勉ちゃんがあんまり可愛いもんだから」

ベルトのバックルをカチャカチャと外し、中のものを取り出そうとしている頭を摑《つか》まれた。上では「馬鹿」だの「止めろ変態」だの暴言の嵐だが、慣れたものなので、これくらいのことではブレーキは掛からない。

「もう、なんで突然こんなことになってんだよっ」

呆れたように叫びながらも、樋口がズボンに手を掛けると素直に腰を上げ、脱がすのを手伝ってくるのだから堪《たま》らない。

「やだなあ、もう。本当どうしようか、俺」

可愛くて愛《いと》しくて、どうにかなってしまいそうだ。

「どうしようかと思うなら止めろ、今すぐに」

「止めるわけないだろ、こんなに可愛く誘ってこられたら」

「誘ってないってば！」

ズボンを下着ごと抜き去り、次には上を脱がせようと身体《からだ》を起こしたら、きつい目で睨《にら》みながら、勉の腕が樋口のネクタイに伸びてきた。

額に前髪が掛かっている。眼鏡《めがね》の奥にある切れ長の目が樋口を捉えた。その目に誘われるようにして身体を倒す。

「……ん」

唇《くちびる》が重なり、舌先が触れ合う。

「……明日早いんだからな。ほどほどにしとけよ」

「それは分からない。勉ちゃん次第かな」

笑い掛けたら、勉はますます怒った顔をしながら、ネクタイを解《ほど》いた腕を、今度は樋口の首に回してきた。

あとがき

こんにちは、もしくははじめまして、野原滋です。この度は拙作「野獣なボスに誘惑されてます」をお手に取っていただき、ありがとうございます。

この作品は、以前発行した同人合同誌「Ｐ・Ａ」に収録した短編を元に作ったお話です。作家仲間と集まった折に、外国には秘書とバトラーを掛けあわせた夢のような職業があるらしいという話題になり、何それ萌えの宝庫じゃん！　ということで、この「プライベート・アシスト」という職業を共通のテーマにしてそれぞれがお話を作りました。

元々ノリノリで書いたお話だったので、今回文庫化していただけるということで、二人の絶妙なバディ振りを強化したり、仕事についてもいろいろと工夫を凝らしたりと、大変楽しく執筆に臨むことができました。

受けの入江がプライベート・アシストとして所属している派遣会社「パワーリソース二見」は、以前やはりルチル文庫さんで出していただいた「狂犬は一途に恋をする」にも出てきます。あの時も、復讐のお手伝いをするという、一風変わった派遣業のお話でした。よろしかったらそちらもお手に取っていただけたら嬉しいです。

飄々とした御曹司樋口の、勉ちゃんにべた惚れな様子を、楽しんでいただけましたでしょうか。罵倒されながらも、やる時はキッチリやり遂げる樋口は、作者的にお気に入りのキャラです。もちろん、豹変ツトムも書くのが楽しかったです。叱られて喜ぶという、ちょっとMが入っちゃっている攻めを、しっかり尻に敷いて二人でずっとイチャイチャしていたらいいと思います。

イラストを担当くださった麻々原絵里衣先生、素敵なイラストをありがとうございました。ワイルドな樋口、クールビューティで気の強い入江。それぞれのキャラの生き生きとした表情に、ニヤニヤが止まりません。

それから、今回も担当様には大変お世話になりました。仕事の描写についても、的確な意見をいただき、助かりました。

最後に、こちらを手に取ってくださった読者様にも厚く御礼申し上げます。

仕事はできるが、人としてはまだまだな二人の恋の行方を、微笑ましく、時にはハラハラと見守っていただき、最後には祝福していただけたら幸いです。

次の機会にも、皆さまとお会いできますように。

野原滋

✦初出　野獣なボスに誘惑されてます……………同人誌掲載作に大幅加筆修正
愛してるにしか聞こえない…………………書き下ろし

野原滋先生、麻々原絵里依先生へのお便り、本作品に関するご意見、ご感想などは
〒151-0051 東京都渋谷区千駄ヶ谷 4-9-7
幻冬舎コミックス　ルチル文庫「野獣なボスに誘惑されてます」係まで。

幻冬舎ルチル文庫

野獣なボスに誘惑されてます

2016年8月20日　　第1刷発行

✦著者　野原 滋　のはら しげる

✦発行人　石原正康

✦発行元　株式会社 幻冬舎コミックス
〒151-0051 東京都渋谷区千駄ヶ谷 4-9-7
電話 03(5411)6431［編集］

✦発売元　株式会社 幻冬舎
〒151-0051 東京都渋谷区千駄ヶ谷 4-9-7
電話 03(5411)6222［営業］
振替 00120-8-767643

✦印刷・製本所　中央精版印刷株式会社

✦検印廃止

ISBN978-4-344-83786-7　C0193　Printed in Japan